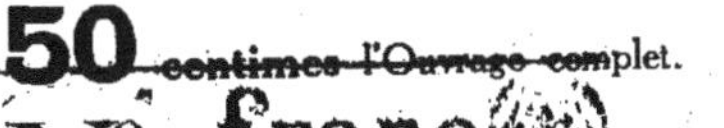

50 centimes l'Ouvrage complet.

Collection "In Extenso"

franc

Georges D'ESPARBÈS

LA GROGNE

Illustrations
de CONRAD

LA RENAISSANCE DU LIVRE
78, Boulevard Saint-Michel — PARIS

LA GROGNE

LISTE DES VOLUMES

1. **La Discorde,** par Abel Hermant.
2. **Le Silence,** par Edouard Rod.
3. **L'Autre Femme,** par J.-H. Rosny.
4. **Élisabeth Couronneau,** par Léon Hennique.
5. **Les Cœurs Nouveaux,** par Paul Adam.
6. **L'Amour Meurtrier,** par M. Serao.
7. **Les Ames en peine,** par Björnson.
8. **La Fin des Bourgeois,** par Camille Lemonnier.
9. **Défroqué,** par E. Daudet.
10. **La Payse,** par Ch. Le Goffic.
11. **En Exil,** par G. Rodenbach.
12. **Les Revenants,** par Ibsen.
13. **La Puissance des Ténèbres; les Spirites,** par Tolstoï.
14. **Rivalité d'Amour,** par Sienkiewicz.
15. **Le Mort,** par C. Lemonnier.
16. **L'Amour Masqué,** inédit de Balzac.
17. **Amis,** par Ed. Haraucourt.
18. **Le Cochon dans les Trèfles,** par Mark Twain.
19. **Dans les Orangers,** par Blasco Ibanez.
20. **Un Duo,** par Conan Doyle.
21. **Lucie Guérin,** par J. Bertheroy.
22. **Le Galérien,** par Jonas Lie.
23. **Une Teigne,** par L. Descaves.
24. **La Justice des Hommes,** par Grazia Deledda.
25. **Les Benoit,** par Edmond Haraucourt.
26. **La Ville Dangereuse,** par Charles-Henry Hirsch.
27. **Le Plus Petit Conscrit de France,** par Max et Alex Fischer.
28. **Josette,** par Paul Reboux.
29. **Parenthèse Amoureuse,** par Pierre Valdagne.
30. **Deux Femmes,** par Charles Foley.
31. **L'Histoire d'un Ménage,** par Michel Provins.
32. **Le Journal d'un Moblot,** par Victor Margueritte.
33. **A l'Aube,** par Jean Reibrach.
34. **La Disparition de Delora,** par Philipps Oppenheim.
35. **L'Amour Perdu,** par René Maizeroy.
36. **L'Empreinte d'Amour,** par Marcel Lheureux.
37. **Stingaree,** par Hornung.
38. **Le Relais Galant,** par Henri Kistemaeckers.
39. **Un Amant de Cœur,** par Paul Acker.
40. **Une Séparation,** par Georges de Peyrebrune.
41. **L'Enfant Perdu,** par Léon Frapié.
42. **L'Amour aux Champs,** par Gyp.
43. **Trumaille et Pélisson,** par Edmond Haraucourt.
44. **Le Captain Cap,** par Alphonse Allais.
45. **Les Trois Rivales,** par J.-H. Rosny.
46. **Mon Amie,** par Jacques des Gachons.
47. **L'Amour défendu,** par François de Nion.
48. **Les Amants Maladroits,** par Georges Beaume.
49. **Le Tourment d'Aimer,** par Jean Bertheroy.
50. **La Jeune Fille Imprudente,** par Louis de Robert.
51. **La Petite Esclave,** par Abel Hermant.
52. **L'Illégitime,** par Henry Kistemaeckers.
53. **Passionnette tragique,** par Camille Pert.
54. **Les Poires,** par Gyp.
55. **L'Arriviste amoureux,** par Charles Foley.
56. **Lili,** par René Le Cœur.
57. **La Classe,** par Paul Acker.
58. **Le Cricri,** par Gyp.
59. **Les Amants singuliers,** par Henri de Régnier.
60. **Les Tribulations d'un Boche à Paris,** par Delphi Fabrice et Louis Marle.
61. **Yette, Mannequin,** par René Maizeroy.
62. **Cœurs d'Amants,** par Paul Lacour.
63. **Sous les Ailes,** par Michel Corday.
64. **Le Printemps du Cœur,** par Léon Séché.
65. **Echalotte et ses Amants,** par Jeanne Landre.
66. **Bicard dit le Bouif,** par La Fouchardière.
67. **Fées d'Amour et de Guerre,** par Michel Provins.
68. **Le Prince amoureux,** par Louis de Robert.
69. **La Force de l'Amour,** par Jean Reibrach.
70. **L'Age du Mufle,** par Gyp.
71. **Le Tumulte,** par Georges d'Esparbès.
72. **La Victoire de l'Or,** par Charles Foley.
73. **Le Gamin Tendre,** par Binet-Valmer.
74. **Sa Fleur,** par Félicien Champsaur.
75. **Polochon,** par G. de Pawlowski.
76. **Confidences de Femme,** par Annie de Pène.
77. **Danseuse,** par René Le Cœur.
78. **Mars et Vénus,** par Gaston Derys.
79. **L'Amour Fessé,** par Charles Derennes.
80. **Marco,** par G. de Peyrebrune.
81. **Les Chéris,** par Gyp.
82. **Daniel,** par Abel Hermant.
83. **Amour Étrusque,** par J.-H. Rosny aîné.
84. **La Jolie Fille d'Arras,** par Gabrielle Réval.
85. **Mon Cousin Fred,** par Willy.
86. **Les Sœurs Rivales,** par Paul-Faure.
87. **Mimi du Conservatoire,** par Maurice Vaucaire.

Franco : France... ... 0 fr. 60, Étranger... ... 0 fr. 70

GEORGES D'ESPARBÈS

LA GROGNE

ROMAN

ILLUSTRATIONS DE G. CONRAD

PARIS
LA RENAISSANCE DU LIVRE
78, BOULEVARD ST-MICHEL, 78

GEORGES D'ESPARBÈS

Thomas-Auguste d'Esparbès, dit Georges d'Esparbès, est né le 14 mars 1863 à Valence-d'Agen, dans le département du Tarn-et-Garonne. Il est intéressant de relever ce point biographique si l'on veut expliquer le caractère de cette œuvre torrentueuse, pleine d'ardeur passionnée, de sauvage frénésie et de lyrisme : toujours vibrante, ruisselante de soleil et de pourpre, mêlant, en de truculentes et parfois magnifiques évocations, l'amour, l'orgie, la gloire, la mort à travers des champs de neige et de boue ensanglantés.

Les phrases roulent, emportées comme des cailloux dans l'impétuosité du courant. Il ne s'agit point de pureté ni d'élégance verbale, mais de phrases heurtées, massées comme des rangs d'hommes que courbe un vent d'épopée.

Ce n'est pas par la tenue que ce style se recommande, mais par l'élan, la fougue de périodes brèves ou sonores comme du métal, entraînées dans un mouvement irrésistible. Aucune distinction de vocabulaire et pourtant une recherche laborieuse de mots imaginés et rudes comme les héros de ces romans et les sentiments qui les animent. Et toujours, à travers toutes les pages, des régiments grondent, des escadrons halètent sur un horizon qu'ébranlent les canons.

Ce n'est pas d'un art raffiné, mais c'est un art encore que celui d'émouvoir les foules, d'avoir fait revivre devant leurs yeux éblouis, en ce faste héroïque, les tragiques décors de l'inoubliable épopée.

Les principaux ouvrages de M. Georges d'Esparbès sont : *la Légende de l'Aigle* (1893); *les Yeux clairs* (1894); *la Guerre en Dentelles* (1896); *le Régiment* (1898); *les Derniers Lys* (1898); *les Demi-Solde* (1899); *le Roi* (1900).

Avec *la Légion étrangère* (1901), M. d'Esparbès abandonne, pour un temps, l'épopée impériale. C'est de tout autres grognards qu'il s'agit ici. Ce livre parut, à l'époque, d'une violence outrée, mais que d'auteurs, depuis, ont dépassé M. d'Esparbès dans l'audace des descriptions de ces mœurs!

Vinrent ensuite *la Légende de l'Outil* (1903); *le Tumulte* (1904); *la Soldate* (1905); *la Grogne* (1907); *le Briseur de fers* (1908); *le Vent du boulet* (1909).

Les spirituels auteurs d'*A la manière de...*, MM. Paul Reboux et Charles Muller, jeune et talentueux écrivain que la mort frappa au champ d'honneur, nous ont donné de M. Georges d'Esparbès un pastiche savoureux et mordant qui est aussi un morceau de souriante et parfaite critique.

M. Georges d'Esparbès est aujourd'hui conservateur du Palais de Fontainebleau. Il ne cesse de recueillir avec une piété fervente les souvenirs de la glorieuse et tragique épopée dont il s'est fait l'historien exalté.

LA GROGNE

EN SERVICE

La Dette de César

Un matin de 1809, l'Empereur se promenait, suivi de Berthier, qu'il venait de nommer prince de Wagram. Ils finissaient une conversation sur César.

— Puisque vous croyez, Sire, à la justice infaillible du proconsul, laissez-moi vous citer une anecdote. On raconte qu'un sous-officier d'alors, nommé Sextius, dizenier dans une cohorte de la cinquième légion, avait à se plaindre de César. Il paraît que ce soldat était au service depuis dix ans et qu'il avait fait maintes actions d'éclat, dont jamais il n'avait été récompensé. Le peuple, par l'organe d'un avocat, porta les réclamations du soldat romain au Sénat rassemblé, qui blâma César.

— Et que devint Sextius?

— César le laissa dans l'ombre, lui maintint son grade, ne voulant pas se plier aux ordres du Sénat.

— Injustice, en vérité, dit l'Empereur pensif.

En marchant, ils venaient d'arriver près d'une troupe qui faisait la manœuvre. Apercevant l'Empereur, le colonel fit battre les tambours et ranger ses hommes en bataille.

Suivi du maréchal, Napoléon entra dans les rangs.

Immobilité émouvante. Au milieu de cette foule, l'Empereur avait l'air de marcher en pleine solitude, entre des uniformes plutôt qu'entre des rangées de soldats, le long de palissades humaines, serrées, enfoncées en terre, inébranlables. De temps à autre, s'arrêtant, les mains derrière le dos, près d'une de ces têtes sans souffle, sans regard, sans pensée, il la contemplait.

Ensuite, lentement, il continuait sa promenade, s'arrêtait encore, plus loin, une seconde, parfois une minute, devant un autre soldat. Puis, muet comme lui, César passait.

Il dévisageait surtout les anciens. Soucieux, il semblait chercher sur ces vieilles têtes une réclamation, une plainte ou un mot étouffés peut-être par la discipline.

Puis, craintivement presque, il allait aux figures imberbes, il observait les poitrines sans croix, les manches sans galons ; les conscrits qui n'avaient pas encore atteint à la gloire, qui ne lui avaient pas donné assez de temps, assez de sang ; les jeunes, aussi hauts, aussi droits et fiers dans le rang que les vieux, mais plus rouges, empourprés d'une émotion d'âme qui dilatait leurs yeux par-dessus ce petit Empereur et y mettait, à défaut de regard, des lumières.

Déridé, cette fois, Napoléon s'éloignait enfin du régiment, quand tout à coup, à droite de la compagnie de grenadiers du 1er bataillon, près du troisième rang, il s'arrêta devant le guide de droite, un sergent.

L'Empereur, immobile, les mains toujours derrière son dos, regardait cet homme profondément.

Il savait par cœur tous les soldats de son armée. Mais, dans sa mémoire impériale, il ne retrouvait pas celui-là.

Pourtant, cette tête parlait et pensait. Si les cheveux étaient rudes, secs, sauvages, si des mousses de poils d'ours, poussés sur les mains et les oreilles, donnaient à cet homme un air de force brutale, ses joues creuses, d'un jaune gris, indiquaient aussi l'habitude de réflexions nobles et puissantes. Juxtaposées fortement, les lèvres étaient d'un chef, non d'un inférieur. Le menton était énergique, l'os maxillaire d'en bas énorme, et la raideur de la colonne vertébrale accusait un esprit hautain et inflexible. L'Empereur se tourna du côté de Berthier :

— Ton soldat romain, Sextius..., lui dit-il tout bas.

Il hésitait à interroger, à entrer lui-même dans cette âme, violemment, comme il en avait l'habitude. Il tourna le dos et alla parler au colonel :

— Comment s'appelle ce sergent? Suivez mon doigt, le guide...

— Noël, Sire.

— *Dites*-moi cet homme brièvement. Quelles campagnes?

— Depuis la Vendée, toutes : Armées du Rhin, de l'Italie, de l'Ouest. Il s'est battu à Mantoue, à Rivoli, à La Favorite, à Zurich. Absent à Maëstricht pour cause de blessure. Mais aussitôt après il était à Ulm, puis à Austerlitz, Iéna, Eylau et Friedland. C'est un homme exemplaire, simple, un peu froid, mais estimé de ses camarades. A la garnison, il les instruit ; sur le champ de bataille, il les entraîne. Voilà dix ans qu'il est sous mes ordres ; je l'ai porté maintes fois pour la croix, les bureaux l'ont toujours oublié. Ce serait une grande joie pour moi que Votre Majesté, enfin...

— Assez ! interrompit l'empereur ; faites-le venir.

Le vieil officier leva son épée :

— Sergent Noël !

L'homme se détacha de sa compagnie de grenadiers, traversa l'intervalle des bataillons d'un pas de parade, automatique, et s'arrêta devant l'Empereur, l'arme à la saignée.

— L'épaulette, dit Napoléon.

Nul éclat dans la voix de César ; l'air du bonhomme qui paie la journée de son travailleur, le soir venu.

Le colonel fit un signe. Le tambour-major se tint prêt, la canne haute.

Un grand silence pesait sur les deux mille hommes. On eût dit un carré de morts, un régiment frappé debout et resté debout.

— Tambours, ouvrez le ban !

Les tambours grondèrent.

— Sergents, caporaux, grenadiers et tambours, vous reconnaîtrez désormais pour sous-lieutenant le sergent Noël, et vous lui obéirez en tout ce qui concerne le bien du service et l'exécution des règlements militaires. — Tambours, fermez le ban !

Les tambours grondèrent.

Voûté sous sa capote, penché comme s'il méditait, paraissant plus petit, avec sa petite taille, dans le vide laissé entre les deux bataillons, l'Empereur, presque insensiblement, releva la main...

A ce léger signe, qu'il devina, le colonel reprit, d'un bondissement de voix que l'enthousiasme secouait :

— Tambours, ouvrez le ban !

Les tambours grondèrent.

— Officiers, sous-officiers, caporaux, grenadiers et tambours, vous reconnaîtrez désormais pour lieutenant le sous-lieutenant Noël, et vous lui obéirez en tout ce qui concerne le bien du service et l'exécution des règlements militaires. — Tambours, fermez le ban !

Les tambours grondèrent.

Dans l'effrayant silence, un silence qui faisait lui-même le silence, d'un geste aussi calme, la main de l'Empereur se releva. Rien ne se vit de la tempête qui saccageait l'âme du régiment, que la convulsion de l'épée dans la main du colonel et une pâleur, de plus en plus pâle, sur la bouche de l'homme immobile.

— Tambours, ouvrez le ban !

Les tambours grondèrent.

— Officiers, sous-officiers, caporaux, grenadiers et tambours, vous reconnaîtrez désormais pour capitaine le lieutenant Noël, et vous lui obéirez en tout ce qui concerne le bien du service et l'exécution des règlements militaires. — Tambours, fermez le ban !

Les tambours grondèrent.

Alors, comme la main de l'Empereur ne bougeait plus, le vieux colonel, avec sa manche, essuya la sueur qui mouillait ses joues. C'en fut assez. Un pareil aveu d'émotion dégonfla les cœurs, pleins à éclater. Le colonel devina ses hommes et fit rompre les rangs. Aussitôt deux mille rugissements s'arrachèrent des bataillons, et une avalanche de têtes rouges et hurlantes enveloppa l'Empereur, toujours penché, toujours immobile, toujours méditatif...

Car il n'avait pas fait assez, il le sentait. Sa justice était incomplète.

Le créancier de César.

Du même pas calme, il vint à l'homme effondré, honteux, assis sur le sac d'un camarade, son fusil entre ses jambes, le menton sur son coude, tête basse.

Cette fois non plus, Napoléon n'osa lui parler.

Mais, détachant sa croix, se penchant, il l'épingla sur l'habit du capitaine, sans dire un mot.

Les yeux du capitaine ne se levèrent pas. Pourtant, lorsque l'Empereur retira ses mains, elles étaient chaudes de larmes.

Alors, seulement, César comprit qu'il avait payé la dette de César.

Un Canonnier

Ceux de l'extrême arrière-garde de la retraite.

1812. La retraite. Des foules sinistres emplissaient les plaines glacées.

Ces foules défilèrent, silencieuses, avec leurs drapeaux inclinés, comme si leurs Aigles pleuraient, elles aussi. Puis les routes de neige se dépouillèrent. Le dernier homme était disparu. Plus de bruit, plus de vie. Rien que le néant, la mort dans le froid.

Mais, peu à peu, d'autres foules noires se montrèrent, arrivant du même côté, plus éclaircies, moins nombreuses, encore plus redoutables. C'était l'extrême arrière-garde qui venait de Smolensk, les protecteurs de la retraite, les sauveurs des derniers héros de l'Épopée.

Ils passèrent, comme des ombres, avec leurs trophées barbares et somptueux arrachés aux murs du Kremlin.

Là, dans ces bandes orgueilleuses, on ne reconnaissait plus les chefs d'avec leurs soldats. Des grenadiers vêtus comme des rois de Byzance et des généraux enveloppés de loques sordides. Mais les Aigles, là, étaient encore debout sur les hampes.

Ils venaient de se battre à Krasnoé. C'était le soir. Presque plus d'artillerie. Pas de vivres. Les équipages dispersés. Tous étaient las et tristes. Aussi, n'en pouvant plus, le gros de cette extrême arrière-garde s'arrêta aux bords du Dniéper, pour y établir un bivouac.

Sous une tente formée de plusieurs pelisses de renard bleu, attachées à une lance cosaque, trois hommes achevaient de vider un casque rempli d'une boisson faite avec des betteraves. C'était un petit blondin, tambour aux voltigeurs, pâle et grelottant sous sa peau d'ours, un grenadier habillé de soieries chinoises et un vieux dragon de la garde qui avait l'air d'un prophète sous les grands plis damassés d'une simarre de pope toute scintillante de pierres précieuses.

Ils venaient de partager en trois rations un large morceau de graisse de cheval, quand un coup de canon se fit entendre.

— Où donc c'est qu'on tire? s'écria le gamin ; voilà une heure qu'on canonne. C'est-il les Cosaques?

— C'est des canons français, répondit le vieux soldat au manteau de pierreries, j'ai reconnu leur voix ; ils grognent tout près de la rivière. Braves canons, fanfan ; sans eux on ne pourrait pas dîner, les Cosaques nous tomberaient sur le poil.

Un autre coup retentit, clameur grave dans l'immense étendue glacée. Les trois hommes finirent de manger leur graisse. Puis le grenadier frotta ses mains dans ses soies chinoises :

— Maintenant que j'ai bu et mangé comme au restaurant de « La Dinde » à Montluçon, je vas dormir.

— Difficile, murmura le gamin en claquant des dents, quand on s'endort par ce temps-là, on n'est pas sûr de se réveiller.

Autre coup de foudre.

Le « brigadier de la garde ».

— Ben, dormez, dit le vieux de la garde en écoutant l'écho du canon, je vas me dégourdir les pattes du côté de l'artillerie. Honneur aux entêtés, je leur dirai un mot de compliment.

Il partit.

Il marcha pendant un quart d'heure, étonné de ne voir personne sur les chemins. Aucun bivouac ; nul artilleur. Cependant, à intervalles monotones, réguliers, égaux, il entendait le canon.

C'était près de la rivière. Il y courut.

Mais aussitôt il recula, inquiet, puis stupéfait, puis ébloui.

— Oh ! murmura-t-il, si je m'y connais en fait de bougres, en voilà un !

Au lieu d'une batterie complète, il n'y avait là qu'un canon, devant ce canon qu'un canonnier.

L'ancien de la garde s'agenouilla derrière un affût, pour mieux voir l'homme, pour l'admirer plus longtemps.

L'artilleur solitaire, en manches de chemise malgré le froid glacial, faisait à lui seul toute la manœuvre. Comme il travaillait une pièce de 8, il remplaçait donc treize camarades, deux canonniers et onze servants. Le dragon de la garde le vit décrocher son seau, le poser sous la fusée de l'essieu et allumer la lance. Puis l'homme vint se poster entre les leviers de pointage, dirigea la pièce, courut à la culasse pour boucher la lumière, ensuite à la volée pour charger. Ses mouvements étaient secs, automatiques. Il se baissait et se redressait avec précision, comme au champ de tir. Il avait l'air d'un fantôme, l'âme d'un artilleur mort échappée de sa tombe et revenue dans la nuit vers son canon. A ce moment, la lune éclaira sa tête. Elle était sanglante.

— Et il est blessé, encore ! Ah ! le pauvre poilu ! grogna le vieux de la garde.

Il sentit les glaçons qui bordaient ses cils fondre lentement et couler.

— La poule à ma tante ! Si les camarades de la Grogne pouvaient me voir ! Qu'est-ce qui me prend? Je pleure...

La pièce chargée, l'homme plaça l'étoupille et mit le feu. Un éclair éclatant jaunit la plaine de neige et le braillement du canon s'éloigna dans l'étendue infinie. Le vieux de la garde avait sauté au-devant de l'homme :

— Bon de sort ! camarade, c'est rudement beau ce que tu fais là !

Le canonnier détourna son visage sanglant, où nul trait humain ne se voyait, sauf deux yeux clairs, durs, ardents, pleins d'une fièvre triste.

— Je fais mon devoir, dit-il. Je me promenais, j'ai rencontré ce canon. L'armée est lasse et les Cosaques la cernent. Je m'amuse à leur faire peur.

— Au lieu de nocer comme nous autres, continua le vieux, de manger et de boire et même de dormir, tu veilles, toi, tu travailles tout seul.

— Tu te trompes, j'ai mangé.

Le cadavre d'un cheval gisait près de lui, le ventre fendu. Il le montra.

— Est-ce que tu es blessé?

— Non.

— Mais tu as la figure toute rouge?

— Comme je n'avais pas de couteau, j'ai arraché le foie de ce cheval avec mes dents.

— Bon, gronda le vieux, un brave comme toi, ça doit vivre. Quel régiment? T'as pas d'uniforme. Avec tes manches de chemise, on ne sait pas d'où que t'es.

— Je ne suis d'aucun régiment.

— Ah ! bah ! murmura le vieux dragon sans comprendre. Est-ce que tu voudrais me promener, artilleur? Dis-moi ton numéro, c'est pour ton bien.

— Je ne suis pas artilleur, répondit l'homme tranquillement.

— Pas possible ! Tu gazouilles ! Eh bien ! si t'es pas artilleur, tu connais rudement la manique ! Mets-toi aux canonniers, mon garçon, t'auras de l'avenir.

L'homme se préparait à retirer. Attentif à sa pièce, il ne fit plus attention au vieux.

— Faut des galons, quand on est capable. Moi, si je ne suis que brigadier, malgré mes soixante-deux ans, c'est que je ne sais pas lire. Mais « brigadier de la garde », c'est quelque chose ! Tiens, que je te dis, j'ai des connaissances, je mets ma protection à ton service.

— Merci, dit le canonnier.

Son ombre glissa, rapide. Il chargeait la pièce.

— Je parlerai de toi à mon lieutenant, continua le vieux à l'écart. Mon lieutenant est le cousin du colonel; c'est bien le diable si le colonel ne trouve pas l'occasion de dire ton affaire à l'Empereur. T'auras pas la croix tout de suite, bien sûr, parce que t'es trop

Michel Ney « le Lion rouge ».

jeune, mais tu seras peut-être nommé brigadier comme moi, qui sait?

Un grondement l'interrompit : la voix formidable du boulet. Et presque en même temps, une autre voix, bonne et bienveillante, mais aussi terrible, ajouta :

— Merci, camarade, ne te mets pas en peine; je n'ai plus besoin de galons, je suis maréchal de France depuis huit ans.

Au clair de lune, devant le vieux dragon ahuri, le chef de l'extrême arrière-garde de l'armée française, le dernier canonnier de la retraite passa une manche de sa chemise sur sa figure, et le soldat blême et tremblant reconnut le *Lion rouge*, les crins d'or et les yeux en feu de Michel Ney.

Le Pont

Lorsque, après la défaite des Russes à Borissof, le pont brûla, l'Empereur accourut aussitôt, regarda ces tisons, ces eaux froides, et comprit que la retraite n'était plus possible.

Pendant qu'il cherchait à rétablir ce pont, le général Corbineau, entraîné avec sa brigade dans une direction opposée à son corps d'armée, rebroussa chemin tout à coup, gagna les sources de la Bérésina, comptant, après Borissof, joindre Oudinot sur la route d'Orscha. Le général cherchait passionnément. Les indications du destin sont des mots gelés qui s'animent à certains souffles rôdeurs : le geste d'un paysan fit ce que Napoléon n'avait pu prévoir et emmena le général Corbineau à quatre lieues de Borissof, devant le village de Stoudianka, près d'un *gué*.

La cavalerie de Corbineau le traversa, et le général prévint aussitôt l'Empereur. Napoléon se mit en marche ; mais l'ennemi, prévenu du passage de Corbineau, affluait déjà vers le gué.

Devant ce contre-temps, l'Empereur imagina une ruse.

Feignant l'abandon de ses projets sur Stoudianka, il poussa une foule en sens contraire, immense gâchis de traînards, de chevaux, de fourgons, d'âmes inutiles ; et ces fantômes, à Oukoloda, firent le simulacre de construire un pont.

Cette manœuvre aboutit. Les Russes, aussitôt, enlevèrent les troupes qu'ils avaient placés près du gué, dégarnirent Borissof et allèrent camper devant le piège. On devine, pendant ce temps, la galopade impériale vers Stoudianka délivré : Corbineau guide ; la brigade Castex, puis le 2e corps. Le 26 novembre, les chevaux, arrêtés soudain, purent boire dans la Bérésina.

Mais l'Empereur n'avait plus d'équipage de ponts, qu'il avait fait brûler comme inutile à Orscha. Il appuya son regard contre le cœur de son armée...

Elle bondit aussitôt. Cette mer humaine lécha Stoudianka comme un sable. En quelques minutes, les toits et les poutres furent changés en pieux : il ne resta du village qu'un terrain sous de la poussière.

— Les pontonniers, dit l'Empereur.

S'avancèrent alors, tandis que l'armée s'écartait, les Ouvriers de la Gloire, travailleurs aux pattes calleuses, dont les ateliers jamais las roulaient depuis vingt ans au son des bombes ; les menuisiers, charrons, piocheurs et pelleteurs de l'édifice sacré, qu'un Patron dirigeait de loin, d'un signe, et payait le soir des batailles d'un ruban rouge. Ils se déshabillèrent en grelottant.

— Il n'y a plus d'alcool, leur fit dire l'Empereur.

Cette nouvelle les émut. Massés au bord de la Bérésina, le glissement des glaçons les impressionnait. Mais, à la fin, chargés d'outils, on vit ces vieux ours repousser l'eau froide. Cette vue laboura les reins de l'armée.

— A nous ! à nous autres ! retentit la plaine.

Cent hommes du génie et de l'artillerie plongèrent. Il y en eut qui, saisis par le froid, disparurent à peine entrés ; d'autres, au bout d'un moment, qui lâchaient leurs outils, leurs pieux ; et tous reparaissaient dans le courant, ailleurs, raides comme des planches. Les globes du regard impérial, scintillant de fièvre, illuminaient ce dévouement.

— Courage ! hurlait Eblé dans la cohue.

Lui-même, en habit de général, combattait les flots, joyeux, vif, emporté, la tête nue, les bras griffés d'éclats de glace, plantait des clous, assemblait le bois, précipitait ses ordres pour accélérer cet ouvrage :

— Allons, vite ! ferme ! ça marche ! Le tiers va être fait. Courage à l'atelier ! (Il cria, plaisant) : Pas de sciure, aucun embarras ; on peut cracher par terre sans mettre le pied dessus. (L'angoisse de quelques rires monta vers lui.) Et toujours les mains propres ; la terrine est prête ! Massez, enfants !

Il entonna une romance, le marteau levé, dans un râle ; mais ses dents pilaient, il ne put finir.

— C'est ici que j'apprends la Beauté, murmura l'Empereur.

La Bérésina, violée, rageait autour des pieux. Les vagues claquantes, par gifles glacées, assaillaient le pont et les pontonniers. Le froid, devenu intense, aiguisait le vent ; chaque souffle d'air charriait de minuscules couteaux qui taillaient les doigts, fendaient l'outil, et le cadavre noir, au loin, fuyait dans le trouble jaune des flots. Des grappes de chairs poilues, sombres et rousses, pendaient à chaque poutre ; il fallait dix efforts pénibles pour avancer une volige, enfoncer un coin. La table de ce pont, pour s'édifier

Les Ouvriers de la Gloire.

les bouches, et tombaient, aigus, des gosiers aux cœurs. Déjà, on se taisait. A chaque pied des piles s'exhalaient de l'eau des bras noyés, des grimaces ; les voisins arrachaient fit surgir plus d'hommes qu'on n'en devinait dans le grouillement de ces eaux ; ils étaient trois cents. On en vit de plus insensibles qui restaient dans la froide mort jusqu'au cou, fermes sous l'assaut des glaces, et qui, d'en bas, surveillaient le travail d'en haut, silencieux. Pour le salut de tous, sept heures durant, se multiplièrent ces énergies, par chaînes raides. A la fin, le pont put servir. Les hommes reprirent leurs outils, revinrent, — mais on s'aperçut que beaucoup n'obéissaient pas au signal...

C'étaient ceux qui étaient demeurés dans l'eau, têtus, comme pour mieux voir. On les appela !

Immobilité. Réunis ensemble, ils s'étageaient, en tas, les uns sur les autres, inertes tragiquement. Bloqués aux pieux par la soudure des glaces, ils semblaient eux-mêmes porter le pont.

On fit place à l'Empereur qui s'approchait.

Solitaire, penché dans sa capote de renard, il regarda ces groupes de givre, ces piliers vivants, cette « planche de salut » qui reposait sur des âmes, — et fit un songe...

Il avait sous les yeux l'image de son règne, un pont entre le vieux monde et le nouveau. Porté par qui? Sincère, il s'interrogea. Les ressources de sa pensée lui parurent insuffisantes ; son inutile génie, désarmé par le Ciel, ne cheminait plus dans les neiges que comme un fantôme. Alors, qui donc, de 1796 à 1812, quels efforts lui avaient bâti ce pont de gloire? A ce moment, la rumeur de l'immense armée l'éclaira : c'était elle. Sans elle, qu'eût-il fait? Eût-il pu, sans ce pont, refouler le passé dans l'avenir? « Rien, murmura-t-il, n'eût existé. » Sur ce pont trapu, d'épaules campagnardes et ouvrières, obscures et dévouées, la jeune Révolution avait pu s'élancer dans le siècle ouvert et les fusils de l'Empire la protéger dans le monde par la terreur. En considérant ces piliers de cadavres, ces voûtes de soldats qui l'exhaussaient hors du flot, on devinait ce pont éternel ; il enfonçait sa base hors des passions, les désastres le solidifiaient, l'étayaient, et chaque défaillance, même, y apportait son pavé. Lumière... L'œil sur ces fantômes cramponnés aux piles, Napoléon, pour la première fois, devina qu'il était dépassé par son armée, qu'il était peu de chose, rien peut-être, et que son génie ne valait que par la croyance des foules.

— Que les tambours du 2e corps, dit-il, traversent le pont et s'arrêtent.

Deux cents ours pelés, leurs caisses de neige à la cuisse, piétinèrent aussitôt le pont et se réunirent sur trente rangs, derrière la canne d'un colosse, pilleur de Moscou habillé en grand-duc. Napoléon regarda Murat :

— Les croix d'honneur du 2e corps.

Eblé vint avec le coffret.

— Allez, dit Napoléon, allez, général, les porter vous-même à ces pontonniers qui sont morts. Que dis-je, morts? Les hommes capables de pareilles choses ne meurent pas.

Eblé prit une pioche ; ce geste remua douze mille hommes. Il passa sur le pont de pile en pile. Puis, les bras nus, l'habit ouvert, en botte, ce général-terrassier accomplit l'effrayant travail. Ce qu'il faisait, par ordre, comme une manœuvre, devait rouler l'orage au sein de l'armée, car sur tous les points de la plaine des clameurs rauques d'orgueil et d'enthousiasme épouvanté rugirent. Quand tout fut terminé, l'Empereur leva un doigt. Une canne, au bout du pont, raya le ciel gris ; et la meute en loques, balancée sur place, aboya le lourd *défilé !* A ce signe, partout, des voix montèrent : les régiments s'effilaient en noires colonnes ; les canons, balayés par des mains soigneuses, remontraient leurs gueules bourrues ; les étendards lamentables se haillonnaient hors des gaines et, dardant griffes et becs, les vieux oiseaux du Symbole, à l'agonie, hérissaient encore leurs ailes sur les drapeaux. A l'appel des tambours en deuil, tout s'ébranla vers le fantastique et lugubre pont. L'Empereur marchait devant, à pied, froid, la neige de l'horizon amassée en lui, tué déjà par toutes ces morts. Quand il entra sur le pont, il salua, traversa tête nue, les yeux à terre, redoutant de voir... Et après le vide exigé par son geste de solitude, les colonnes mornes, à leur tour, passèrent entre deux haies de cauchemars, de blocs humains, miroitants, aux rigides barbes, le long d'une avenue de cariatides pétrifiées qui semblaient soutenir de leurs bras et de leurs épaules le salut final de la retraite, *et dont il avait fallu, à coups de pioche, crever les poitrines de glace pour y enfoncer des croix.*

Point de direction!

Le 32e régiment d'infanterie s'arrêta en 1804 au camp d'Étaples et y établit ses baraquements. C'était sur la rive droite de la Canche, à douze kilomètres de Montreuil, face à l'Océan.

Ce matin-là, lorsque le rapport fut sonné, le sergent instructeur du peloton des recrues alla visiter les chambrées.

Ce sous-officier, après le colonel Darricau, était le plus brave homme du régiment. Il avait obtenu un sabre d'honneur pour sa conduite au siège d'Acre. Une longue blessure lui coupait le visage en travers.

Sous la broussaille de ses sourcils brûlait un regard terrible. Malgré ses gros yeux ouverts, le sergent était borgne. Il ne voyait qu'avec son œil droit. Le second, couleur gris fer, s'appelait dans le régiment *l'œil marqué au b.*

Jamais on n'avait entendu jurer le vieux Besson. Quand il était en colère, il avait seulement un mot de mépris pour ses recrues : « Voyons donc mes « candidats », ils manœuvrent comme des couturières qui ont mangé des navets. » Habile instructeur, nul ne savait mieux que lui mettre un soldat au port d'armes et lui faire décomposer le pas oblique, en maintenant la carrure des épaules, chose essentielle.

Le vieux sergent, sa pipe à la main, entra dans la baraque. Aussitôt les hommes firent silence.

Besson n'était pas ennemi de la plaisanterie. A l'instant, comme il traversait le quartier Kléber, son commandant l'avait arrêté pour lui dire que Darricau allait le nommer sergent-major, et il rayonnait.

— Eh bien ! les candidats, savatte? Continuez, enfants, travaillez sous l'œil d'Ernestine. Qu'est-ce que je vois là, Vierge Mère ! Un candidat qui frotte sa courroie de bretelle à l'envers ! Ici, pomme d'api !

Une recrue s'avança, les joues rouges.

— Ton nom?

— Chounavelle.

— Quel clocher t'a vu naître?

Godiche sous sa grande capote, le jeune soldat, sans répondre, se mit à frotter l'une contre l'autre ses guêtres de toile grise.

— Parfait, dit Besson en fermant brusquement *l'œil marqué au b*, c'est toi que je désigne pour exécuter ma commission.

Les caporaux commençaient à s'intéresser.

— Tu sais peut-être où est la cantine?

— Oui, la cantine, à gauche des baraques des sous-officiers.

— Il a de l'avenir, ce candidat ! Donc, tu vas aller à la cantine et tu demanderas le cantinier.

— Je vais quitter mes brosses...

— Tais-toi, jeune impatient ; il s'agit d'un ordre de l'Empereur.

— Ah ! Je quitte mes brosses...

L'œil marqué au b lança un éclair :

— Quitte-les tout de suite, alors, ou je te fourre trois jours de salon ! Maintenant, réponds carré. As-tu de la mémoire?

— Oui, sergent.

— Eh bien ! une fois dans la cantine, tu diras comme ça au cantinier : « Cantinier, l'Empereur a fait venir ce matin le maréchal Ney et il lui a demandé le *point de direction.* »

Les oreilles des anciens remuèrent, signe d'hilarité.

— Bon, a répondu le maréchal, je vais en parler à un homme adroit, le divisionnaire Dupont : « Général Dupont, l'Empereur me demande le point de direction, donnez-le moi. » Dupont réfléchit : « Il n'y a qu'un homme qui nous trouvera ça, c'est Marchand. » Il va le trouver : « Marchand, est-ce que vous avez dans votre brigade le point de direction? — Non, dit le général, mais j'ai deux régiments de malins, le 32e et le 96e ; je vais le chercher là. » Il appelle Darricau : « Colonel, il me faut tout de suite le point de direction, inspectez votre 32e. » Voilà les capitaines au rapport : « Le point ! Il faut qu'on nous retrouve ce sacré point de direction ! » Presto, les lieutenants s'élancent : « L'Empereur veut le point de direction ! le tion dans votre bureau, à midi ! » Après ça, c'était le tour des sergents : « Besson, vous êtes le plus vieux, c'est à vous l'honneur. »

Le vieux sergent et la recrue.

point, cherchez le point ! » Les sous-lieutenants content l'histoire aux sergents-majors : « Tâchez moyen d'avoir le point de direc- Eh bien ! candidat, je sais qu'il est chez le cantinier, moi... oui, mouâ... dans le tiroir à gauche de la commode, parfaitement ! et il faut que tu t'arranges pour rapporter ce point de direction que tout le monde cherche depuis ce matin. Ordre de l'Empereur. Tu es intelligent, j'ai vu aux contours de ton pantalon que tu me comprenais. Approche, enfant pur, que je te bénisse.

Le sergent, d'un petit coup sec, débourra sa pipe sur Chounavelle qui partit avec le nez noir. A peine disparu, la chambrée entière tomba sur les sacs. Colique générale.

— Je voudrais bien être dans sa poche quand il parlera au cantinier, dit Besson au bout d'un instant. On ne rit pas tous les jours dans nos baraques.

La nuit était tombée, mais Chounavelle connaissait l'endroit. C'était un large fossé couvert d'une tente, avec quatre tables dessous. A droite et à gauche du comptoir, des pancartes étaient suspendues. Il y avait des brevets d'escrime, des canons traînés par des Amours et des généraux qui se ressemblaient tous avec leur grand bicorne en bataille. Chounavelle s'arrêta pour chercher ses mots.

— Eh... è...

— Qu'est-ce que tu veux, camarade? lui demanda le cantinier.

— Eh... è... è...

— Quoi donc?

— Eh... è...

— Un verre de schnik, conscrit, c'est l'article de foi du soldat. Est-ce que tu es malade?

— Non, dit Chounavelle d'une voix brave, c'est ce point de direction, eh... è...

Le cantinier devina. Il prit la recrue par les épaules.

— Explique-toi. Tu dis?

Chounavelle tourna les yeux et fourra les mains dans son pantalon jusqu'aux guêtres.

— Le sergent m'envoie pour vous dire, è... è..., que le colonel y a dit que l'Empereur..., è... è..., que l'Empereur voulait le point de direction...

Chounavelle n'eut pas le temps de finir. Le cantinier, raide comme un pan de bois, s'était retourné vers deux hommes, dont le plus petit, dissimulé derrière une baraque, semblait écouter avec attention. Se sentant reconnus, les deux promeneurs s'éloignèrent.

— Nom de nom ! grommela le cantinier en laissant retomber sa main, toujours sorti la nuit, ce petit-là ! Tiens, dit-il à Chounavelle, regarde-le là-bas, *celui* qui donne les points de direction, et va lui parler, si tu l'oses !

Et il ferma la cantine sur Chounavelle ébahi.

Pendant que le candidat retournait à sa chambrée, les deux hommes causaient dans les ténèbres.

— Sire, disait Ney, ce jeune imbécile m'a démontré une fois de plus que les chefs de corps se désintéressent de l'instruction des conscrits et qu'ils oublient leur devoir dès qu'ils sont aux camps.

— Ce n'est pas cela, dit l'Empereur après réflexion. Ce jeune imbécile, comme tu l'appelles, vient de me faire songer à une chose très importante ; c'est que l'armée des côtes de l'océan, depuis ses généraux jusqu'aux recrues, semble réclamer une « direction ». Pour un simple conscrit, cet avertissement n'est pas d'une bête. Je m'en souviendrai.

Le grand rire joyeux de Ney et le petit chapeau demi-lune de l'Empereur s'enfoncèrent lentement dans l'ombre.

***

Huit jours après, réunies non loin de Boulogne, les troupes s'apprêtaient pour la cérémonie de la distribution des croix. Elles faisaient face à la mer.

A neuf heures, la générale sonna dans le camp. L'horizon s'anima. On eût dit que la terre poussait des hommes. Les drapeaux nombreux apparurent, et un bruit terrible fit lever les têtes.

Aux salves des batteries de la côte, deux mille tambours répondaient, battant aux champs.

— C'est l'Empereur qui s'approche, dit Besson à ses candidats. Immobiles ! Au commandement de marche, tendez le jarret. La distance entre les rangs est de vingt et un pouces, règlement du 14 juillet 89.

En effet, au loin, un petit nuage apparut.

C'était lui et l'état-major

**

Les troupes étaient frémissantes, tous les yeux regardaient avidement l'Empereur. Malgré l'éloignement, on le vit faire un signe, appeler un officier, se pencher sur lui...

— Ça veut dire qu'on va se mettre en marche, dit *l'œil marqué au b ;* attention à la cadence, jeunes gens ; cent pas à la minute, règlement du 14 juillet 89.

A peine l'aide de camp eut-il transmis l'ordre de l'Empereur, qu'une tempête de rugissements éclata le long des colonnes. Les commandements se croisaient comme des boulets.

Puis, net, tout se tut.

Prêts à partir, les régiments écoutaient, penchés sur un pied...

— Qu'est-ce qu'on attend? grommela Besson.

Alors, dans ce grandiose silence, on vit la petite ombre impériale, là-bas, envelopper l'océan de sa minuscule épée scintillante, et un cri que chacun reconnut en frissonnant, une voix grêle et spectrale, amortie par la distance, mais aiguë et ferme quand même, s'envola de la petite ombre immobile et vint rouler sa fièvre jusqu'aux derniers rangs de l'armée :

— En avant !

Point de direction : l'ANGLETERRE !

Aussitôt, sur le front des troupes où s'étaient dressés les colonels, cent voix éclatantes reprirent le lointain murmure :

— Marche !

Cette masse formidable, un instant, s'avança vers la mer britannique en majestueuses colonnes de soixante grenadiers de front.

Elle avait déjà les guêtres dans l'eau... On l'arrêta. Ce n'était qu'une manœuvre ; la chose en question était remise à une autre fois...

Mais, depuis, impossible au sergent Besson de blaguer Chounavelle. Le moindre conscrit connaissait son *point de direction*.

Le vrai, l'unique : celui de l'Empereur.

Le Confesseur

En 1787 le jeune du Fresnay, âgé de quatorze ans, fut retiré de l'institution des Dames Bleues de la Foi, sachant son *Pater noster*, assez d'escrime, quelque peu de calcul et d'histoire — très peu, crainte de s'ahurir — et toutes les danses connues.

En cette même année, le marquis Gaspard du Fresnay confia le jeune espiègle au supérieur du séminaire de Vivonne. Le père désirait que son fils entrât plus tard dans les ordres, et le futur abbé, paraît-il, ne demandait pas mieux.

Une fois au séminaire, changement subit, profond, jusqu'aux racines. Ce jeune homme pieux, au regard ardent, se comportait déjà en ascète. Il étudiait, ou méditait, ou priait éperdument, avec fougue. Enlizé dans sa foi, il ne concevait du monde que la terre qui lui enveloppait le corps, et le ciel qui lui prenait tout le regard. Si on l'abordait pour lui parler, on le devinait en deçà, dans la nuit, ou au delà, en pleines lumières. C'était là le jeune homme dont le marquis du Fresnay avait voulu faire un abbé de cour. On a raison de dire : « Tu sèmes un champ, mais c'est Dieu qui le fleurit. »

Quand la Révolution éclata, le séminariste était prêtre.

Dans l'orage qui balayait la France, l'abbé fut entraîné. Il disparut, se perdit comme la feuille morte. On ne le revit plus.

Le marquis, son père, avait émigré avec la noblesse et habitait une petite maison de

Coblentz, sur la place de l'Embarcadère, où venaient le voir quelques bonnes amies de Versailles, comme lui exilées. Entre deux madrigaux, ils entendaient grogner la Révolution. La France s'avançait de toutes parts. Quand elle passa le pont de Mayence, le marquis eut un accès de colère, congédia les dames, sella son cheval et alla offrir son épée au roi.

Les Princes lui donnèrent un commandement. Mais, déjà, on ne se battait plus contre des idées, on était aux prises avec un homme. Après avoir galopé contre la Révolution, M. du Fresnay chargea contre Bonaparte. Entre temps, il retournait à sa petite maison des bords du Rhin, conviait ses amies jolies, et même quelques dames allemandes, pour voir si la guerre avait rouillé le courtisan. Mais les dames trouvaient ses façons meilleures, son sourire plus fin, ses madrigaux mieux tournés.

Les canons de Bonaparte arrachèrent bientôt le marquis à son existence galante. Un grondement d'océan traversait l'Europe : Novi, Zurich, Aboukir ; puis Marengo, puis Hohenlinden.

— Dans ce bruit infernal, qu'est devenu mon jeune fou? se demandait parfois M. du Fresnay. Mauvais cloître qu'une Europe en feu, dont on a changé les cloches en canons.

Il espérait quand même revoir l'abbé un jour, comme l'enfant prodigue.

— Quel savon je lui flanquerai ! grondait-il en claquant les fesses de son cheval ; ah ! mes princes ! il n'aura plus envie de galvauder ! Qu'il vienne ! je me charge de le recevoir !

En attendant, les années passaient. Toujours à cheval ou à genoux, en combats ou en amourettes, servant le roi et servant les belles, M. du Fresnay, à ce double jeu, commença bientôt à vieillir.

D'ailleurs, il se lassait. Entichée de son « corsico », la France faisait feu de ses quatre fers : Auerstaëdt, Iéna, Eylau, Friedland ; puis les guerres d'Espagne et d'Autriche : Saragosse, Eckmühl, Essling, Wagram.

— Dans tout ce tumulte, que fait notre abbé? pensait M. du Fresnay.

Quand Napoléon rouvrit les églises le marquis compulsa les listes du clergé. Le nom de son fils n'y était pas.

— Serait-il mort?

Une petite ombre lui obscurcit le cœur, mais sans durer. Encore une fois, il dit bonjour aux dames et remonta en selle. Espérance ! L'Aigle était blessée. Blessée à mort. Il neigeait sur elle en Russie. Le royaliste apprit Smolensk et la Moskova, puis Lutzen, Bautzen, Hanau, les derniers râles...

— C'est fini, pensa M. du Fresnay. Dès mon retour en France, je me mettrai moi-même à la recherche de l'abbé.

Comme il s'en retournait en congé, rappelé à Coblentz par le billet d'une bonne amie tendre, M. du Fresnay reçut en route un avis des Princes. La dernière manche allait se jouer. Vite, marquis, à cheval !

Ce fut dans la Haie-Sainte, à Waterloo, que le marquis du Fresnay tomba, percé par trois balles. Il portait l'uniforme de major dans la garde anglaise, mais se plaignait en français :

— A l'aide ! à moi !

Le champ de bataille était encombré de morts. Il y avait eu deux charges. Deux cimetières, l'un au-dessus de l'autre, recouvraient l'immense terrain. Entre deux canons renversés, le marquis aperçut le dos d'un soldat français qui remuait entre les cadavres. A son uniforme, il reconnaissait un sergent de voltigeurs. Il l'appela.

— A l'aide ! sergent ! au secours !

Comme le soldat se retournait, le marquis dressa ses mains épouvantées. A son tour, en voyant le vieillard, le sergent fit un geste brusque. Ils allaient parler... Mais une chose énorme, soudain, passa entre eux.

Horreur gigantesque ! Dans le feu et la fumée, tout ce qui avait été la France pendant vingt ans reculait lentement vers la mort. Les lignes de l'armée française étaient rompues ; c'était la déroute. Seuls dans ce désordre, froids et muets, déchargeant méthodiquement leurs fusils, huit bataillons de la Vieille Garde, les derniers, battaient en retraite à leur tour, pas à pas, sans commandement, comme des ombres. Ce gros nuage d'hommes glissa devant les yeux éblouis du royaliste.

— Je comprends maintenant votre folie, monsieur, dit-il au soldat. Depuis quand portez-vous le fusil?

— Depuis les enrôlements volontaires, depuis Valmy.

— Et vous n'êtes que sergent?

— C'est encore trop, à mon gré. Je n'ai jamais voulu de grade, mais on m'a obligé à celui-là.

— En vingt-trois ans, vous avez sans doute oublié l'Église.

— Les événements et les hommes ne sauraient défaire les liens de Dieu. Malgré mon long métier de soldat, je suis toujours prêtre.

Le marquis eut la force de sourire.

— C'est ce que je voulais savoir. Bien. Étendez-moi là.

— Mais..., dit le sergent, puisque nous nous retrouvons... laissez-moi vous dire...

— Cessez vos mouvements, monsieur, il m'est interdit de vous reconnaître. Ma blessure mortelle vient de tout changer. Hier encore, vous étiez mon fils; à présent, je suis le vôtre. Commencez vos prières, je vais songer à ma confession.

Le sergent s'agenouilla sur le champ de bataille. Pendant qu'il murmurait, le marquis ferma les yeux. De fugitives rougeurs, glissant sur son visage, désignaient ses fortes réflexions. Après les rougeurs, des pâleurs parurent, s'établirent sur son front et n'en bougèrent plus. Ensuite, avec lenteur, le vieillard remonta ses mains, pendantes à ses côtés, les posa sur sa poitrine et joignit ses doigts l'un après l'autre.

— *Mon père,* commença-t-il, je m'accuse...

L'avalanche de l'armée anglo-batave qui poursuivait les fuyards enveloppa les deux hommes. Quand elle se fut éloignée, M. du Fresnay avait terminé sa confession, et le sergent de voltigeurs, penché, lui fermait les yeux.

L'Ordonnance

A la fin de la bataille d'Eylau, vers onze heures du soir, un capitaine et un cavalier du 5e régiment de chasseurs à cheval frappèrent à la porte d'une maison qu'un soldat russe venait de leur montrer. Ils portaient une civière où était étendu leur général. La porte s'ouvrit, le comte Zogoroff se présenta. Il comprenait et parlait le français. L'explication ne fut pas longue. En tout temps et dans tout pays, personne ne refuse un secours à l'ennemi blessé. Le gentilhomme russe demanda un flambeau et précéda lui-même ses hôtes jusqu'à une chambre du rez-de-chaussée, où le capitaine et le soldat déposèrent le brancard avec précaution.

Un quart d'heure après, le capitaine et le soldat entrèrent dans le salon de Zogoroff.

— Monsieur, dit le capitaine, notre général vient de mourir. Il avait les deux cuisses coupées par deux boulets reçus coup sur coup. Il y a une heure, c'était encore l'un des plus fameux généraux de l'armée impériale. Peut-être le connaissez-vous?... Général Constant Corbineau.

Le Russe fit un geste imperceptible ; puis il ôta son bonnet et découvrit ses cheveux blancs.

— Je le connais, comme toute la Russie le connaît. Le général Corbineau n'était-il pas l'aide de camp de votre Empereur?

— Depuis le début de la campagne de Prusse.

— Il était bien jeune...

— Trente-quatre ans.

— Destinée funeste ! Veuillez faire de ma maison, monsieur, l'usage qui conviendra. C'est une triste gloire pour elle d'abriter la dépouille d'un homme dont les vertus furent assez grandes pour mériter les larmes de ses soldats.

En effet, immobile derrière son capitaine, le vieux grognard, les yeux pleins de larmes, mâchait avec fureur une touffe de sa moustache grise.

Le comte Zogoroff se retirait quand la porte du salon s'ouvrit brusquement et un homme effrayé mit son genou à terre.

— Parle français, dit Zogoroff à son intendant. Au même titre que moi, ces militaires sont tes maîtres jusqu'à demain ; qu'ils t'entendent.

— Seigneur, l'Empereur de France vient vous demander asile pour cette nuit ; il arrivera dans quelques instants.

Le comte renvoya son domestique et se tourna vers le capitaine :

— Monsieur l'officier, est-ce que l'Empereur connaît la blessure du général Corbineau?

— Non.

La commission suprême.

— Tant pis. Comme Sa Majesté passera la nuit dans cette maison, je considère comme un devoir d'hospitalité d'assurer la quiétude et le repos d'un tel hôte. Or, mon embarras est grand...

— Je vous devine, dit le capitaine. Cachez-nous.

— Non, monsieur répondit le vieillard avec dignité, vous étiez mes hôtes avant l'Empereur. Je désire que vous restiez ici à découvert. Mais n'y aurait-il pas un moyen de dérober à Sa Majesté la mort d'un homme qu'il considérait et honorait comme l'un des plus braves de son armée? Comment reculer jusqu'à demain la nouvelle de cette catastrophe? Vous êtes jeune, monsieur. L'esprit des militaires de votre nation est fertile en ruses et en stratagèmes. Que feriez-vous à ma place?

— C'est simple, dit le capitaine.

Il se tourna vers le grognard :

— Chinfreniau !

— Capitaine?

— L'Empereur va coucher ici. Tu sais sa manière. Il te verra, il te reconnaîtra.

— Oui, capitaine

— Pour montrer sa mémoire, il nous récitera tes états de service.

— Oui, capitaine.

— Il se souviendra que tu es l'ordonnance du général Corbineau et il te demandera de ses nouvelles.

— Oui, capitaine.

— Alors, à cette question, ouvre l'œil et réponds d'une voix claire : « Sire, mon général a laissé ses bottes sur le champ de bataille. » Tu comprends, Chinfreniau?... ses bottes sur le champ de bataille. Tu ne mentiras pas, puisqu'il a eu les deux jambes coupées.

Une larme répondit seule.

Mais celle-là était si grosse qu'elle traversa la moustache.

— Il ne faut mentir qu'à moitié avec les

anciens, murmura le capitaine en regardant s'éloigner le grognard. Mentir est un jeu dangereux pour les officiers, surtout avec ce Chinfreniau, qui est bien l'homme le plus honnête que je connaisse et qui adorait son général.

Tout à coup, la maison retentit.

— Sa Majesté Française ! annonça l'intendant.

L'Empereur descendait de cheval au seuil de la cour, escorté seulement du prince Berthier.

— Sire, dit le comte Zogoroff en entrant, tête nue, dans la cour remplie de neige, voici votre maison et voici ses clés.

Il les mit dans la mains du maréchal.

L'Empereur fit un signe las et suivit le comte Zogoroff. Dans le corridor, il aperçut un soldat français au port du sabre et s'arrêta. L'air chaud qui flottait dans cette maison russe l'avait ranimé. Machinalement, il étudia cet homme. Alors, ce qu'avait prédit le capitaine s'exécuta mot à mot.

— Je t'ai vu quelque part. Attends...

Napoléon prit dans son gilet une pincée de tabac, et frotta son nez d'un geste vague, l'œil fixé sur le vieux grognard.

— Décoré à Austerlitz. Chasseur Massonnier, surnom Chinfreniau. Hein?

— Oui, mon Empereur.

Après l'effort de cette gigantesque journée, qui laissait dix mille hommes sur le terrain, cet exercice de mémoire avait quelque chose d'extraordinaire qui épouvanta Zogoroff.

— Attends, répéta l'Empereur ; maintenant, Massonnier, je te reconnais tout à fait. Tu auras ta place dans le paradis des braves. Le général Corbineau, qui s'y entend, t'a pris auprès de lui pour ton honnêteté et ta bravoure. Tu es son ordonnance?

— Oui, mon Empereur.

— Race de soldats que ces Corbineau, dit l'Empereur en regardant le comte. Une famille antique. Ils sont trois frères dans les rangs, mes plus beaux cavaliers avec Lassalle.

Chinfreniau s'effaça ; l'Empereur montait. A la quatrième marche, il pencha la tête :

— Où est ton général?

Un froid glaça les cœurs.

— Il a laissé ses bottes sur le champ de bataille, répondit le soldat.

L'Empereur montait.

— Tu lui diras...

Volontiers, Napoléon prenait ses vieux grognards décorés pour émissaires de ses bonnes nouvelles. En haut de l'escalier, il laissa tomber ces paroles :

— Tu lui diras qu'en l'honneur d'Eylau, l'Impératrice sera la marraine de son filleul, le jeune Bourdon.

Une porte s'ouvrit, l'Empereur entra.

Chinfreniau, pensif, était resté au port du sabre.

— Eh bien ! lui dit le capitaine, tu vois que ça s'est passé comme je te l'avais dit.

— Sauf une chose, mon capitaine, sauf la commission : « Tu diras à ton général... »

— Bah ! tu lui diras ça dans le paradis des braves. Sabre au fourreau, mon vieux, le Tondu est en train de se brosser les dents, tu peux fumer.

Mais le grognard hochait la tête.

— Voilà une sacrée affaire. Mais y a pas ! une commission de l'Empereur, faut marcher ; surtout moi, Chinfreniau, une ordonnance !

— Hein?

— Le paradis des braves, capitaine, où mettez-vous ça?

— Là-haut. D'ailleurs, tu le verras toi-même, puisque l'Empereur t'y a donné une place. Bonne nuit.

Resté seul, Chinfreniau arma son pistolet.

— Pas besoin de demander si je rencontrerai là-haut mon général ; il doit être assis au premier rang. Allons ! Chinfreniau, la consigne.

Il traversa la cour. Une détonation retentit et un corps roula dans la neige.

L'ordonnance exécutait la commission de l'Empereur et s'en allait dire à son général, là-haut, *que l'Impératrice tiendrait le petit Bourdon au baptême.*

Pour Danser

Un jour du mois de juin 1810, un escadron du 1er régiment de carabiniers, qui revenait de faire campagne, s'arrêta sur la place d'un village, à quelques lieues de Lunéville.

La plus malicieuse...

Il arrivait le matin d'une fête. Des mâts s'élevaient au-dessus des maisons, réunis par des guirlandes de feuillages ; les cours étaient nettoyées et les femmes avaient mis aux fenêtres des rideaux neufs.

On ne voyait sur la place que des robes claires. Dans cette petite ville, comme partout ailleurs dans le pays de France, il y avait, en ce temps-là, bien peu d'hommes. La plupart étaient estropiés ou vieux comme les routes. Quant aux jeunes, impossible d'en rencontrer un ; ils labouraient au loin, avec de grandes charrues qui sonnaient le bronze, et ils récoltaient surtout des lauriers.

Aussi, quand cet escadron se montra, au coin du lavoir, il se fit un grand silence. On n'était pas prévenu.

« D'abord, songeaient les paysans, qui c'était que ces grands soldats-là? D'où qu'ils venaient, avec cet air de sortir de la mort, eurs joues maigres et leurs yeux tristes, et pas un qui riait? »

— Des cuirassiers !

— Non, dit le vieux charron Bertrand, j'en étais un. Ceux-là ont sur la cuirasse un soleil. Je les connais. C'est les fameux carabiniers qui viennent de se battre à Ratisbonne et puis à Essling ; même qu'on a parlé d'eux dans le *Bulletin*.

— Des braves.

— Les plus braves de la « Grogne ! » Si vous les voyez aujourd'hui maigres comme des loups, c'est à cause de leur belle conduite dans les plaines de Wagram. Le fils du meunier m'a raconté ça. Ils ont fait un « à droite » avec Nansouty pour charger l'artillerie autrichienne. Rien que dans leur régiment, paraît qu'y a eu vingt-deux hommes et deux cents chevaux tués et cent sept blessés.

Un frisson de terreur rapprocha les femmes.

— Les pauvres gas !

— Comme ils ont l'air fatigué...

— On ne dirait pas des vainqueurs.

— C'est la misère, répondit le charron ; vivre à la dure, pas de fricot, jamais dormir, toujours à cheval.

— Enfin, les voilà qui rentrent à Lunéville.

— Ils auront des lits et du pain blanc.

— Et ça sera bien gagné !

Pendant que l'escadron mettait pied à terre, un groupe de jeunes filles était resté sur la place, pour voir passer les soldats.

— Sont-ils grands !

— As-tu vu leur chef, Lise?

— Oh ! moi, le chef, c'est pas lui qui me peine, c'est un, aux yeux bleus, qui a une blessure, là, au cou, comme un fil. Quand il m'a regardée, j'ai eu la petite mort.

Enhardies par cet aveu, les autres parlèrent à leur tour :

— Moi j'en ai remarqué un aussi, un gentil mignon ; sûr qu'il n'a pas vingt ans. Et toi, Annette?

— Je ne sais plus son grade, au mien : j'ai seulement deviné qu'il était malheureux. Regardez, c'est le beau qui cogne à la porte du marchand de vinaigre. Il vous plaît?

— Pas tant. Il a les cheveux rouges.

— Non, dorés.

— Pourvu qu'ils logent dans la ville ; il y a bal ce soir.

— Mais oui, qu'ils logent ! Et ils danseront avec nous !

Annette regardait au loin les cheveux dorés.

— Des cavaliers de l'Empereur... Quelle différence avec notre voisin le charron Bertrand qui veut à toute force me faire danser. Un vieux triquebille qu'il faut relever chaque fois qu'il trébuche !

— Allons nous préparer ! s'écria Lise joyeusement ; moi je mettrai ma robe rose !

— Moi, ma bleue !

— Et moi mes bijoux !

Comme elles partaient, une fille les rejoignit en courant :

— Lise, Annette ! que je vous raconte ! Ils ne restent pas !

Toutes s'arrêtèrent.

— Ils repartent dans deux heures. Ils iront finir l'étape à trois lieues de chez nous. C'est là qu'ils doivent coucher avant de rentrer à Lunéville.

— Vrai?

— Le colonel l'a dit à la mairie.

Il y eut un silence consterné. Sous les chemisettes, plus d'un cœur battait. Lise pensait à son blessé, Annette rêvait aux cheveux blonds.

— Ça n'arrive qu'à nous autres ; voilà notre bal gâté, nous n'aurons que des vieux au quadrille.

— Mon charron... murmura Annette.

— Des sans-dents qui sont tout de suite essoufflés.

— Tandis que ceux-là...

— Quel malheur ! s'écria Lise. Cherchons un moyen de les retenir.

Aucune ne répondit. Mais Annette cligna de l'œil. Ce n'était pas la plus belle, mais c'était la plus malicieuse.

Elle prit par la taille ses amies et les rapprocha en cercle, un rond si étroit qu'une orange lancée au milieu n'aurait jamais pu tomber par terre ; et après leur avoir fait jurer le secret, fiévreusement, mais à voix basse, elle leur expliqua son fameux moyen d'empêcher les soldats de partir.

Quand la confidence fut faite, les rôles distribués et que le cercle se rouvrit, plus d'un visage était pourpre. L'émotion peut-être, ou la peur. Mais tourner une nuit aux bras des carabiniers, avec les vainqueurs des grandes batailles ! Aucune n'hésita.

— Entendu !

— C'est juré !

Et elles s'envolèrent.

Une heure après, dans la maison du syndic, un cri terrible gronda, que tous les carabiniers reconnurent. C'était le colonel. Ils bondirent à la mairie.

Le vieux soldat courait dans le jardin, affolé de colère :

— Qui a fait ça? Qui? Des noms ! Tous les habitants ici ! Une enquête ! Les coquins ! Je jure de les faire danser toute la nuit !

— Qu'est-ce qu'il y a? murmurait la foule des paysans, massée au dehors. Qu'est-ce qu'il y a? Il crie comme un lion.

Le carabinier de garde apparut soudain :

— Grabuge ! cria-t-il aux camarades, *nos sangles sont coupées* !

— Hein?

— Ras et net. Deux cent cinquante sangles. Plus moyen de remonter à cheval !

L'enquête ne fut pas longue. Le syndic était accouru, tous les officiers municipaux derrière lui. Ils trouvèrent la salle de mariage pleine de jeunes filles.

Entouré par ces abeilles, le vieil ours finissait de hurler. Il en était aux grognements ; et bientôt, entre deux jurons, il lui échappa un petit rire qui n'avait rien de redoutable.

— Que faites-vous ici, mesdemoiselles?

— Laissez-les, monsieur le maire, dit le vieux soldat ; ces folles viennent de m'avouer tout. Ce n'est pas le diable. Mais il y en a une qui a voulu prendre le crime pour elle seule. Approche, bébé, c'est comme toi que je les aime, ajouta-t-il en pinçant l'oreille rose d'Annette. Malgré que tu sois la plus friponne, tu es bien gentille.

— Mais les sangles ! s'écria le maire suffoqué ; qui paiera les sangles?

Un carabinier de Wagram.

— L'Empereur. Quand il saura l'histoire, l'Empereur me remboursera. En attendant, je vais faire filer un cavalier à Lunéville et il nous rapportera des sangles pour demain matin. Allez, chevrettes, dit le colonel en renvoyant les jeunes filles, vous avez raison d'aimer les braves ; et puisque j'ai promis de faire « danser » les coupables toute la nuit, je ne m'en dédis pas, je vous donnerai ce soir de fameux danseurs, les carabiniers de Wagram !

***

Le Cheval

En pleine retraite, dans les rafales de neige, au milieu des bandes du 4e corps, deux cavaliers et un voltigeur faisaient cuire une carcasse de cheval.

Malapert, trompette de carabiniers, adossé contre un des faisceaux qui portaient la broche, s'empara d'une gamelle qu'il venait de fixer au bout d'une lance.

— Qu'est-ce que vous bricolez, vous autres deux? le jus s'en va ! Tiens. Ménessier, prends la louche.

La lance tomba sur le vieux voltigeur qui la saisit d'une main rouge. Il avait le pouce emporté.

Tandis que le trompette grognait, un grand cigognard de dragon, nommé Girotte, sanglotait tout bas de petits bouts de rires. A la fin, il se tut, et sous ses gros sourcils chargés de glace, l'un de ses yeux, le gauche — il était borgne — contempla curieusement le cheval grillé.

— Oui, dit-il, on va s'en enfoncer là dedans une fameuse portion ! (Il frappa son ventre qui résonna comme une porte.) Mais le meilleur manquera, est-ce pas, Malapert : le pain...

Le trompette qui tournait le cadavre haussa ses épaules neigeuses. Celui-là n'aimait pas parler. Il dit seulement :

— Un maître-sellier m'a donné de la cire ; avec la viande, ça remplacera le pain.

Personne ne répondit. Tous songeaient.

Comme des oiseaux de clair de lune, deux houzards que l'odeur de la viande avait attirés pénétrèrent sans bruit dans le cercle. Le premier montrait sur la peau d'entre-jambes de sa culotte hongroise une large entaille de sabre qui lui avait rougi les cuisses, du pont aux jarrets. Il aperçut le cheval. Lentement, il regarda un à un tous les hommes du cercle. Puis il s'assit. Alors, à son tour, son camarade s'assit.

— C'est bon, gronda Ménessier, pour maintenant qu'on ne sait plus où est nos brigades, vous pouvez t'asseoir avec nous, mais vous mangerez après les autres.

Peu à peu, autour de la viande, des ombres s'exhalaient de l'ombre, spectres de la déroute : grenadiers, lanciers, chevau-légers, artilleurs, guides. Visions errantes, ils ressemblaient à de grandes feuilles mortes promenées au hasard par la bise glaciale. Quand ils eurent rôdé, ils s'approchèrent.

— Un coup de pointe en quarte, dit sombrement Girotte, au premier qui touche la marmite !

Et il décrocha son sabre de l'ardillon.

Mais soudain, comme un jet, quelqu'un tomba les deux pieds dans le feu :

— Mon cheval ! Je reconnais la tête de mon cheval !

Deux sabres se levèrent sur l'inconnu. Girotte l'arrêta contre son pommeau. Malapert le prit à la gorge. La voix étranglée rejaillit :

— Canailles ! Mon cheval ! Vous brûlez mon cheval !

D'un coup de botte, l'officier avait dispersé les flammes. Il resta debout sur les tisons, du feu autour de lui, sauvage.

C'était un capitaine de chasseurs, géant, bilieux à tête maigre, allure de carnassier, aux traits en désordre. Il y avait cependant de la pitié sur ces lèvres-là. Muet, scellé, douloureux, il regarda la bête qui n'était plus que charbon et sang, puis se mit à pleurer en face de la foule. Ce fut terrible, ce sanglot.

On ne disait plus rien. Tous étaient sans voix, sans mouvement. Des mousses collées au granit.

L'officier apparaissait fantastique, agrandi par sa robe de peaux de loutres, immense, qui s'écartait sur une somptueuse tunique de satin émeraude ramagée d'or ; tout cela pillé. Sous son bras gauche, un sabre nu scintillait. Ses jambes matelassées de paille brûlaient par endroits. Colossal, tel qu'un Moïse dans la fumée et l'éclair, il clama :

— Champeaux ! Je me nomme Champeaux, capitaine aux chasseurs du 4e corps.

On m'a pris mon cheval pour le brûler ! Qui ! Un nom ! cent noms !

Ses dents craquèrent. A l'affût, il brava tout le monde :

— Il n'y a pas ici de conseil de guerre, mais nous réglerons cette histoire en France — ou là-haut ! Que personne ne murmure, je le tue ! Un vol manifeste !

Haletant de rage, il alla au carabinier :

— Tu sais ce que c'est qu'un cheval, toi ! Tu en as eu. Un cavalier aime son cheval. C'est son ami. S'il souffre, c'est deux qui souffrent. Celui-là, je l'aimais comme tu dois peut-être aimer le tien. (Subitement refroidi, le capitaine lui toucha le menton, une gentillesse.) Je te parle doux, tu vois... Pourquoi me l'a-t-on volé? cria-t-il aux autres. C'était un bai-brun-zain, aux sabots blancs, tic de l'ours, une bête superbe ! (Il avisa Girotte.) Et toi, dragon, tu es complice ! (Il le secoua contre Malapert.) Vous avez tous les deux volé mon cheval pour le manger ! répondez ou je vous écrase !

Les deux hommes s'écartèrent d'un pas. Malapert dit, en se garant :

— On n'a pas ici de hachis aux oignons, capitaine ; fallait parler. On a faim, on mange.

— On mange du Cosaque ! on mange de la paille ! on mange de la terre ! on peut se manger soi-même ! hurla Champeaux, mais on n'assassine pas un brave qui a fait les grandes campagnes ! (Il caressa les chairs noires du cheval.) Saïda, la plus belle galopeuse de l'armée. Elle couvrait quatorze mètres à la seconde pendant sept minutes. Avec elle, j'avais fait les grandes charges d'Autriche...

Sa tête roula sur sa poitrine :

— Vous venez de me couper les ailes.

Soudain, plus désespéré, ivre-fou, le capitaine darda ses bras dans la nuit, dans la rafale :

— Tuer une bête qui n'a rien fait de mal, qui n'a rien demandé, rien volé, qui mangeait de l'écorce, qui a plus souffert que vous tous ! Car nous sommes ici pour l'Empereur, ça nous tient le ventre ; mais les chevaux, ça est dans la mistoufle pour qui? Cette jument, je la reçus de mon frère mort à Kamiesh, j'y tenais plus qu'à ma maîtresse ! (Les yeux du soldat se moururent.) Cent dieux oui ! Belle comme une femme. Tête sèche. Une luronne picarde aux reins doubles. Et ensellée ! Et intelligente ! Dix-sept ans et douze blessures, tout le poitrail balafré, six coups de feu aux lèvres. En Égypte, en Autriche, en Espagne, en Prusse, toujours elle avait sa part dans ma part. (Les hommes écoutaient, tristes, songeant à leurs chevaux morts.) A Madrid, après une revue, elle m'emmena un jour dans la foule et cueillit des fleurs dans les cheveux des femmes. (Orgueilleuses, de la tête haute, les larmes tombaient de plus en plus.) A Burgos, quand on empoisonna les fontaines, elle s'abreuvait aux bénitiers des cathédrales. C'était ma conquête. On s'adorait. A Berlin, après Iéna — il en est ici qui peuvent s'en souvenir — je l'ai fait manger à la table de trois majors allemands, et je lui passais les meilleurs rôtis. (Le capitaine marchait fiévreusement, écartait les groupes avec sa poitrine.) Et c'était aussi mon courage ! Il fallait la voir au feu. Paf ! un saut ! elle se ruait aux canons comme la mer ! elle brigandait dans la tuerie ! elle volait au ras ! elle cinglait, fonçait, déchirait ! elle faisait brèche rouge ! Ma valeur, ce n'était qu'elle ! (Le malheureux interpella un porte-fanion qui le suivait.) A Essling — c'est à l'ordre de l'armée, je ne mens pas — elle ramena dans sa bouche la main d'un homme avec son drapeau. C'est moi qu'on cita. On me nomma lieutenant, mais je jure bien que je n'avais pas pris le drapeau ! (A ce moment, le délire de l'officier fut sans bornes, il tordit ses bras vers la foule.) Et vous me l'avez tuée ! massacrée ! ma seule famille, l'enfant que j'ai eu de mon mariage avec l'Armée ! ma fortune de soldat ! mon pardon ! Oui, mon pardon ! Parce que je suis un lâche ! Regardez-moi tous ! un lâche ! un lâche qui fond dans sa peau à chaque bataille ! un trembleur qui serait resté, sans son cheval, avec les puces des mulets, à la queue de son régiment ! Vos pistolets ! Au mur ! (Un frisson de terreur déplaça la foule ; quelques-uns voulurent s'élancer : le capitaine, de plus en plus vite, tournait comme un fauve.) Tuez-moi ! Qu'on me fusille ! (Il jeta son shako à terre.) Mes galons ! Ma croix !

Un cri jaillit de la foule. Deux hommes parurent.

— Silence ! Tu es fou !... dit le premier à voix basse.

Il s'effaça devant le second.

L'Empereur.

C'était lui. Les pans de sa limousine noire enflés de tempête au-dessus de son chapeau sombre, toute sa face pâle aux yeux fixes émergeant de là comme d'une grotte, il avait l'air d'un Aigle immobile, éployé, frappé, en deuil.

— Capitaine !

Champeaux se passa une main sur les yeux.

— Vous parliez de votre croix. Où et quand avez-vous été décoré?

— Trois jours avant notre arrivée à Munich, 17 vendémiaire, l'année d'Austerlitz.

— Dites-moi pourquoi?

— Pour avoir fait prisonnier un bataillon d'Autrichiens qui allaient rejoindre l'armée russe. J'ai dit au major qui les commandait qu'une brigade avec du canon arrivait d'Ulm pour les surprendre. Ils mirent bas les armes, et je les menai à notre cantonnement.

— Combien étiez-vous?

— J'étais seul.

— Avec votre cheval...

Le capitaine, dégrisé, pâlit affreusement.

— Oui, dit-il, mon cheval s'était emballé, il me conduisait, je ne pus le retenir. Alors...

Le geste de l'Empereur cassa la phrase :

— Assez ! On vous transmettra demain matin la punition que j'ordonnerai. Vous dites trop facilement le faux et le vrai, et je n'aime pas les bavards.

L'Empereur rabattit les pans de son manteau :

— En attendant, Labédoyère que voici va vous rendre votre cheval, qu'il avait emprunté pour transmettre un ordre du grand état-major ; suivez-le.

— En effet, cher ami..., commença Labédoyère, il faut que je vous rassure...

Mais le capitaine s'était effondré de joie. Le dragon, le houzard et le voltigeur l'emportèrent. Le trompette des carabiniers se frotta les mains et garda les marmites devant le cheval mort. La foule se dispersa lentement.

L'Empereur n'avait pas cru un instant à la confession de Champeaux, qui était un brave célèbre dans la Grande-Armée. Il pensa que la fatigue, la faim, et la douleur, surtout, de croire son cheval mort, lui avaient congestionné le cerveau ; il le fit donc élever d'un grade pour le récompenser d'aimer avec tant de tendresse son ami, son cheval, mais il châtia l'indiscret parleur en donnant l'ordre d'enlever la croix au nouveau chef d'escadrons pour la suspendre au cou de Saïda. Ce décret ne fut pas porté à la chancellerie, on le pense bien. Seulement, comme l'Empereur était Maître de l'Ordre, au lieu de l'enregistrer, on l'exécuta. Ce fut en 1813 que Saïda-la-Brave, « qui foulait quatorze mètres à la seconde pendant sept minutes », se montra aux régiments de conscrits, vieille, mais toujours gracieuse, avec son amulette héroïque, sa croix de la Légion d'honneur, et l'inséparable et ardent Champeaux. On l'acclamait. Ce cheval décoré, c'était la légende des recrues, et les vieux d'Austerlitz lui présentaient l'arme. À la défense de Paris, on la vit ruer dans Montmartre, terrible, l'épaule ouverte sous sa croix sanglante. Elle fit 1814. Elle était au golfe Juan lorsque l'Empereur débarqua. Et les anciens racontent que le soir de Waterloo, du côté des Anglais, sur le terrain où l'on creusa leur fosse, une grande ombre chancelante de vieux cheval se dressa vers les étoiles...

Le cheval aussi en portait *une*.

Un instant, il tourna son cou, regarda la plaine, les affûts renversés, les morts, tout ce désastre où il restait seul. Ses naseaux las, doucement, exhalèrent un petit flocon qui raya la lune. Puis ses jarrets se rompirent, il tomba. C'était le dernier carcan de l'Épopée.

La Pâquerette

Au début de la campagne de 1814, la France ordonna des levées forcées ; les vieux soldats étant morts, elle appela les tout jeunes gens au service, en avertissant les écoliers de se tenir prêts.

La mère du petit Bobeuf vint l'accompagner jusqu'à Compiègne. Là, il fut incorporé dans un bataillon « âgé de quinze jours » qui connaissait à peine le maniement d'armes et ignorait « la consolidation symétrique du carré », une manœuvre cependant usuelle, surtout en cette année 1814, où l'armée française était assaillie sur les quatre faces à la fois.

D'abord, Bobeuf trouva la vie agréable. Le bataillon ressemblait à une école. Tous les soldats étaient camarades. Le soir, au bivouac, on jouait aux billes. Le capitaine Peltier, un vieux sorti de la garde, était un bon garçon qui n'embêtait pas ses soldats. En outre, Bobeuf portait dans son sac une guirlande de saucisses sèches, et il lui disait un mot chaque matin.

...les tout jeunes gens en attendant les écoliers...

Cependant, à force de marcher, de contre-marcher, d'obliquer et même de courir, Bobeuf trouva enfin le métier pénible. C'était un paysan qui n'avait jamais galopé, bêchant son jardin sans aller jamais plus vite que le soleil, et vous savez que le soleil met au moins une heure à faire un pas. Bobeuf devint triste. Non qu'il fût poltron, il était brave au contraire. Mais il venait de se mettre dans la tête qu'il avait une mère et un village. Or, ce n'était pas le moment de prendre ce mal-là.

A la couchée, le soir, pendant que le capitaine postait ses sentinelles et se débrouillait avec ses guides, le soldat, renfrogné, maugréait à voix basse contre l'Empereur qui avait ameuté la terre entière contre les Français ; puis, comme ses grognements ne servaient à rien, Bobeuf s'enroulait dans sa couverture et reprenait son rêve habituel ; ses pensées s'envolaient par un chemin de traverse, celui du souvenir, qui est le plus joli et le plus court, et s'en allaient droit à son village, et là, les yeux fermés, en songe, le soldat s'asseyait près de sa mère et n'en bougeait plus jusqu'au matin.

Le bataillon devait se réunir, route de Soissons, à un corps de troupe composé de cinq mille soldats de ligne et gardes nationaux. Les jeunes recrues soupiraient après ces deux régiments. Une poignée d'hommes seuls, pensaient-ils, dans une campagne où rôdaient cent mille ennemis, c'était dangereux ; tandis qu'encadrés par cinq mille anciens soldats et protégés par l'épaisseur de leurs rangs... Mais le soir arriva sans qu'on les eût rencontrés.

Le capitaine campa sa troupe derrière un ravin, et fit « ses cornes », comme il disait, c'est-à-dire qu'il prit ses dispositions de défense, établit trois postes qui détachèrent en avant des sentinelles. Comme on devait repartir trois heures après, le bataillon ne fit pas les tentes ; les hommes ramassèrent seulement quelques poignées de feuilles sèches et s'y étendirent.

Bobeuf, allongé dans sa couverture, les creux de ses genoux emboîtés douillettement l'un dans l'autre, allait s'endormir aussi, quand, tout à coup, une petite pointe d'herbe lui chatouilla les narines.

Il souleva sa tête pour gratter son nez, puis il la recoucha.

Autre chatouillement.

Impatienté, il s'appuya sur un coude et regarda. Un brin de lune glissait en ce moment sur l'herbe, doux comme une fumée Le soldat se mit à rire. Ce qui l'avait chatouillé, c'était une pâquerette.

Mais Bobeuf, un poing dans l'herbe, restait étonné, triste. Son rire lui avait fait l'effet d'un petit ami de son village, qui serait venu le voir, pour le quitter...

Après un gros soupir, il regarda le bataillon couché dans l'ombre comme un troupeau de moutons noirs, puis se retourna sur son ventre, le menton dans l'herbe, pour voir la fleur de plus près.

Penchée au bord du ravin, la pâquerette planait dans le vide.

Bobeuf souffla sur elle pour enlever un fétu de paille accroché à sa tige flexible ; avec la pointe de son couteau, il débarrassa le pied de quelques détritus de feuilles ; comme c'était une fleur sauvage et sans coquetterie, il démêla sa collerette, deux ou trois pétales poussés de guingois, et les lissa doucement avec son ongle, ensuite il arrondit ses mains autour de la fleur, lui fit une muraille de doigts, une toiture où filtrait la lune... Puis, ne sachant plus que faire, il se mit à rêver.

Alors, que de choses il aperçut dans le petit cœur d'or de la pâquerette !

Il y voyait son enfance et son village, au temps où l'hiver finissait. Cette petite fleur, c'était la première de la saison, elle ouvrait la porte du printemps.

Signal de plaisir pour les écoliers, elle faisait partie de tous leurs jeux. Envoyée par le soleil, elle se posait dans les champs et avertissait les autres fleurs de se mettre à leur toilette. Aucun animal ne la touchait, elle était partout respectée, c'était le petit astre des herbes.

Dans cette étoile, où il revoyait son village et son école, Bobeuf vit encore des choses merveilleuses.

Il voit une belle grande route de châtaigniers. Sur cette route des gens marchent d'un pas rapide. Ils sont sept, le dernier pas plus haut qu'une botte. Le soldat le reconnaît, c'est le petit Bobeuf. Il porte à son bras un panier d'osier recouvert d'une serviette blanche. Quand elle verra ce qu'il y a dedans, elle rira bien, la grand'mère.

Car c'est l'anniversaire de la grand'mère de Bobeuf, un jour de 20 mars. Dans le cœur de la pâquerette, le soldat contemple ces choses lointaines...

On entre. La grand'mère est assise dans son fauteuil à ramages, les mains croisées sur ses genoux. Toute la famille l'embrasse, et, quand vient le tour du petit Bobeuf, le voilà qui ouvre gravement son grand panier et qui en retire une jolie couronne de pâquerettes. Comme il veut la poser lui-même sur les cheveux blancs de la bonne vieille, on est obligé de le mettre debout sur les accoudoirs du fauteuil. Et tout le monde éclate de rire.

Dans le cœur de la fleur, le soldat voit le petit Bobeuf soulever le linge blanc une deuxième fois et en retirer un coffret, construit aussi en pâquerettes, avec un fond de carton tapissé de ruban, où il a déposé une mèche de ses cheveux, celle qui pend d'habitude sur son oreille gauche, celle qu'on tire quand il n'est pas sage.

Ces souvenirs d'enfance, comme il les voit clairement, le soldat !.... Il voit encore le petit Bobeuf prendre une autre chose sous la serviette, il le voit qui attire à lui la main ridée de sa grand'mère pour y enfiler doucement... oh ! la jolie pensée, le frais bijou ! une bague de pâquerettes. Couronne, coffret, bague, ces trois cadeaux de Bobeuf sont fabriqués avec les mêmes fleurs ; et si gentiment, par ce polisson, si délicatement et si habilement que toute la famille applaudit et que la grand'mère, en hochant son front, déclare que cet enfant deviendra un jour un maître homme, et que si on l'envoie au chef-lieu, où travaillent les bons ouvriers, il dépassera bientôt...

A cet endroit de son rêve, le soldat frémit.

Il détacha ses yeux de la pâquerette, se haussa doucement sur les mains, écouta la nuit.

Le bataillon dormait.

Sur ses coudes, sans bruit, il rampa en avant et plongea son regard au fond du ravin.

La rumeur venait de là.

Une ombre monstrueuse et vivante s'agitait silencieusement dans la profondeur. Bobeuf comprit soudain, se dressa, fit un saut en arrière comme un farfadet qui a bu trop de rayons de lune et cria de toute sa force :

— Alerte ! Aux armes ! L'ennemi !

Tout le bataillon se réveilla, debout et armé !

— Là ! dit Bobeuf.

Deux compagnies, tant bien que mal, s'étaient alignées au bord du ravin. Le capitaine commanda :

— Feu de deux rangs. Peloton, armes ! Commencez le feu !

Dans l'éclair de la décharge, on vit une grande masse désordonnée qui se culbutait au fond du gouffre.

— Encore un feu, mes petits amis. Mais moins haut. Du calme. Tirez dans la direction de mon bras.

Les hommes du premier rang firent feu de nouveau ; ceux du second rang prirent les fusils du troisième et les déchargèrent à leur tour. C'était la première fois qu'on se battait ; personne n'avait eu peur.

Le tambour battit.

Alors les fusils se baissèrent, on écouta...

Une huée de fuite où montaient des cris d'hommes blessés arriva au bord du ravin. L'attaque nocturne était repoussée. Mais le vieux capitaine, son sabre sous le bras, bottait la terre avec fureur :

— Ane que je suis ! Cosaque ! Nous n'étions pas gardés sur le ravin. C'est ma faute !

Peu à peu, il se refroidit :

— Qui a donné l'alarme? Qui a crié?

On poussa Bobeuf.

— Je ferai mon rapport, mon petit ami, et le maréchal duc de Trévise te nommera sûrement caporal. Si tu n'avais pas veillé pendant que nous dormions, nous serions cuits à cette heure et même rissolés.

Mais Bobeuf était juste. Pendant que le bataillon se préparait à quitter la place, il vint raconter à son capitaine « comme quoi un chatouillement l'avait empêché de s'endormir et comment une simple pâquerette l'avait tenu éveillé pendant trois heures ».

Timide, il n'osa pas raconter la fête de sa grand'mère, mais le capitaine la devina.

C'était un brave homme. Devant ce bataillon de jeunes paysans, il eut une pensée paternelle.

— Allons, dit-il à Bobeuf, puisque tu prétends que ta pâquerette nous a sauvés, montre-la moi.

Arrivé au bord du ravin, devant la fleur, il se retourna en souriant.

— Formez le demi-cercle !

Le bataillon se creusa au centre et ses deux ailes s'approchèrent.

Le capitaine Peltier ne fit pas présenter les armes, c'eût été trop solennel, il se contenta de faire signe à la batterie des tapins ; puis, d'une voix bonhomme :

— Tambours ! (en sourdine...) ouvrez le ban !

Les tambours comprirent. L'histoire de Bobeuf était déjà connue de tous les hommes. Un grelottement scandé de baguettes monta dans l'aube, frileux comme un salut matinal.

... Tandis qu'au milieu de son tapis d'herbes, avec ses bras blancs ouverts de tous côtés, la pâquerette semblait comprendre et remercier chacun, à la ronde, de la politesse des tambours.

Une Figue

Trois divisions des grenadiers d'Oudinot, la division de Saint-Hilaire et les cuirassiers de Nansouty bivouaquaient. Il était une heure du matin.

Un énorme colonel, entouré d'une trentaine d'hommes de son régiment, racontait des blagues pour amuser les blessés. Comme un grenadier s'éloignait, il le rappela :

— Ici, Watrin ! Nom d'un foutre ! on n'a jamais vu ça ! Je t'ai ordonné de rester ici jusqu'à l'arrivée de l'Empereur !

Sur ce mot, il y eut un silence. Quelque chose d'amoureux passa sur les têtes, et Watrin, dont on ne voyait que le front tout noir et un gros paquet de barbe, se mit à rire :

— L'Empereur ! Ben quoi, l'Empereur... Qu'est-ce que vous voulez que je lui dise, mon colonel !

— Tu ne diras rien, entendu ! C'est moi qui lui parlerai. Mais, s'il te questionne, tiens-toi ferme et réponds rondement. N'aie pas peur. Tu sais qu'il a l'habitude de flâner le soir par les bivouacs, d'interroger les soldats et d'offrir des récompenses à ceux qui les méritent. N'oublie pas ta réclamation.

— Bah ! dit Watrin, l'affaire de ma croix... Voilà cinq ans que je n'y pense plus.

— Tu gazouilles ! Je t'ai proposé, je te proposerai encore tout à l'heure. Tous tes camarades sont d'accord là-dessus ; ils t'ont décoré déjà, eux ! Tu es couvert de blessures, mon brave compagnon, tu as pris trois drapeaux, voilà des titres !

A ce moment, le factionnaire cria :

— L'Empereur !

C'était lui. Il était vêtu en officier de grenadiers.

— L'appétit va bien?

Le bivouac murmura :

— Oui, mon Empereur.

— Qu'y a-t-il dans votre soupe?

— Du cheval autrichien.

Napoléon sourit.

— Voyons, dit-il rapidement on s'est battu hier, camarades, on se battra demain ; que ceux qui ont des droits à la Légion d'honneur ou à l'avancement s'approchent

Comme l'Empereur s'adressait aux soldats le colonel n'osa parler, mais il poussa Watrin.

— Vas-y ! lui souffla-t-il. Un pas en avant, marche ! Mais va donc, mulet !

Watrin sortit des rangs. La flamme du bivouac l'illumina.

— Comment t'appelles-tu?

— Watrin, Sire, grenadier du maréchal Oudinot.

— Et tu veux?

— La croix !

Napoléon le regarda longuement.

— C'est bien, dit-il, parle. Qu'as-tu fait pour la mériter, cette croix?

Watrin prit la position du soldat sans armes, cette immobilité de parade qui donne aux militaires la rigide allure des morts.

— C'est moi, dit-il en tremblant, c'est moi, mon Empereur, qui... qui vous a donné une figue dans le désert de Jaffa.

On entendit un juron étouffé : « Bougre d'andouille ! » grogna le colonel en s'éloignant. Tout le bivouac éclata de rire. Napoléon lui-même avait souri.

— Je t'en sais gré. Mais ce fruit ne vaut pas la croix. Attendons tous les deux une autre occasion. J'espère qu'au combat de demain...

— Demain, demain comme les autres fois, murmura le vieux grenadier. Je n'ai pas de chance.

Personne n'entendit. La gaieté bruyante des soldats roulait vers d'autres feux. On se pressait, on courait. Des torches de paille s'allumaient dans la nuit. Ces mots : « L'Empereur ! l'Empereur ! » bondissaient déjà de tous côtés. Napoléon quitta Watrin et s'enfonça dans la multitude.

Dès l'aurore, l'archiduc recommença l'attaque et voulut percer la ligne entre Essling et Aspern. Une division de cuirassiers vola sur l'ennemi. Masséna hurlait : « Grenadiers ! on s'amuse là-bas sans nous ! » Lannes, sans se préoccuper s'il était suivi, courut en avant, et la Vieille Garde démuselée tomba des crocs et des pattes sur les Autrichiens. En une heure, l'armée de l'Archiduc fondit. Comme ses tronçons revenaient, la Garde les reçut à mitraille et Bessières commanda un galop. Charge décisive. L'ennemi s'enfuit, revint, s'enfuit encore. Ces contre-coups rendirent la victoire ondoyante. Le combat dura trente heures.

Le soir, on prit du repos, et l'Empereur, suivant son habitude, alla visiter les ambulances.

Comme il passait devant les blessés, une tête qu'il reconnut l'arrêta :

— C'est mon homme d'hier...

Un chirurgien était là.

— La blessure de cet homme est-elle grave?

— Non, Sire, je pourrais même enlever l'appareil.

Watrin dormait, raide comme un pieu, la face crevée d'une oreille à l'autre.

Après l'Épopée.

— Qu'on fasse venir Claparède.

Un officier disparut ; bientôt le général arriva.

— *Racontez-moi* cet homme, dit l'Empereur.

Claparède, habitué à ces sortes de questions, fit appeler un de ses adjudants, avec les livrets.

Tous les blessés de l'ambulance avaient flairé l'Empereur. Hors des couvertures, ils regardaient.

Claparède fit un signe. L'adjudant ouvrit le livret :

— *Watrin, né à Miramond, en* 1767...

— Passez, dit l'Empereur impatient. Cet homme a-t-il des punitions?

— Aucune, répondit l'adjudant.

— Et les campagnes?

Claparède feuilleta lui-même le livret.

— Sire, cet homme a fait partie des armées du Nord, de la Moselle ; il s'est battu à Toulon ; ensuite, on l'a incorporé dans les troupes de Sambre-et-Meuse ; il a fait trois ans d'Italie et trois ans de Grande-Armée ; c'est un brave.

Napoléon se rappela son injustice de la veille.

— Et les blessures?

— Je puis répondre à Votre Majesté, dit le chirurgien.

Il saisit le drap et le rejeta. Watrin était un homme sec, aux muscles forts comme des câbles, et dans les poils de sa peau les entailles qui apparurent proclamèrent aussitôt sa gloire : biscaïens, coups de lances, éclats de bombes, il en avait à la tête, dans les cuisses, aux reins, partout, et celle de la journée, la dernière, en fendant sa bouche, avait élargi son rire d'un pied.

— Recouvrez-le, dit l'Empereur.

A ce moment, Watrin se réveilla...

Ses yeux rôdèrent au plafond. Puis, comme s'il continuait éveillé le songe qu'il venait de faire :

— La croix... la croix...

Napoléon fit un pas vers lui.

— Je te fais chevalier de l'Empire !

— La croix !

****

— Et j'ajoute une dotation de douze cents francs de rente.

— La croix ! j'aime mieux la croix !

— Tu l'as, puisque le titre de chevalier comporte la croix et la rente.

— Pas de rentes, répétait Watrin, je voudrais la croix.

Il n'en sortait plus. Les titres n'entraient pas dans sa caboche. Quant à l'argent, ceux qui n'en ont jamais eu le méprisent. Watrin ne voyait, ne comprenait que la croix, le ruban rouge, l'étoile...

— La croix, mon Empereur, je préfère la croix... donnez-moi la croix !

Napoléon détacha la sienne de sa poitrine :

— Entêté ! la voici ! Es-tu sûr de l'avoir, maintenant?

Watrin l'empoigna d'une main à casser un pommeau de sabre, et Napoléon dit à Claparède :

— J'ai demandé hier à cet homme ce qu'il avait fait pour mériter la Légion d'honneur, il a répondu qu'il m'avait offert une figue dans le désert de Jaffa. Je conduis une armée d'enfants !

— Il ne me le semble pas, Sire, dit le général. Watrin se croit plus honoré d'avoir sauvé peut-être votre vie en vous rendant ce service que de s'être fait blesser en combattant vos ennemis.

Claparède devait avoir raison, car l'Empereur s'éloigna sans répondre un mot.

***

Watrin, la jambe emportée au combat de Lutzen, se retira dans son petit pays, en Gascogne, près de Moissac.

En 1814, il était maire de sa ville natale.

Aucun, parmi ses compatriotes, ne représentait mieux que M. Watrin, toujours correct, avec son nez pommé, ses yeux bleus, ses favoris en crosses de pistolets, coiffé d'un haut chapeau poilu et serré dans une grande lévite à seize boutons. Et quel tour de main pour remettre à l'ordre les administrés ! Il savait tout juste écrire sa signature, mais il était quand même la gloire de sa ville. Pensez donc ! la croix de l'Empereur...

Aussi, après avoir marié au nom de la loi, il était presque toujours « de noces » au nom de la joie, et après les chansonnettes, si on lui demandait de dire un conte : « Et té, monsieur Watrin, justement ! l'histoire de votre croix ! » vous croyez peut-être qu'il allait se faire valoir, citer ses actions d'éclat, ses trois drapeaux, ses blessures?... Pas du tout ! Est-ce que ça comptait? Tout ça, c'était du service. Et, grave, une main entre deux boutons de sa lévite, il faisait sonner son creux :

— Pourquoi j'ai eu la croix d'honneur? Mais vous le savez bien, mes amis : *Un jour que nous étions dans le désert de Jaffa...*

Et ce héros sans le savoir racontait l'histoire de la *figue*.

Sur le ponton

Le général Dupont ayant rendu son armée à Baylen, l'Espagne désarma ses vingt-cinq mille hommes furieux et les emmena en captivité.

C'était répondre à une trahison par une trahison plus grande. En capitulant, le général avait stipulé le retour des troupes françaises dans leur patrie ; mais les Espagnols ne voulurent pas tenir leur parole et jetèrent en masse leurs prisonniers sur des pontons qui stationnaient en rade de Cadix.

Depuis six mois, couchés les uns sur les autres comme des porcs, plus de neuf cents soldats vivaient sur l'un de ces pontons, nommé le *Souverain*. C'était un vieux vaisseau incapable d'aller en mer, percé de quatre-vingts sabords et long de cent soixante pieds.

Cette coque sinistre ressemblait à un énorme cercueil sur l'eau. Un fond de boue noire parquetait la cale humide. Les distributions du faux-pont étaient autant de cellules où achevait de s'éteindre un homme encore vivant et déjà mort. Une seule écoutille recevait quelques globules de l'air fin d'Espagne ; mais il était à peine entré qu'il puait. De plus, partout les ténèbres.

Dans la seconde et la première batterie, les sabords laissaient glisser un peu de jour ; mais par ces sabords ouverts, avec le froid des nuits, la mort entrait tout entière, sans plier son buste et quitter sa faux ; la cécité la précédait quelquefois.

De temps en temps, lorsqu'ils y songeaient, les Espagnols apportaient des vivres aux prisonniers ; ils transbordaient ces provisions dans une chaloupe contre le ponton et s'éloignaient rapidement.

Aussitôt un soldat français descendait dans la chaloupe et montait à bord les vivres. Au début de la captivité, c'était un peu de pain noir rempli de détritus terreux, des biscuits pleins de vers, du lard rance, des lambeaux de morue gâtée, parfois un paquet de fèves — le régal — et une très petite bonbonne d'eau saumâtre, qui s'absorbait sur les langues comme des gouttes tombées sur des fers ardents. Ces jours-là, les vieux parlaient de l'Empereur et les jeunes soldats pensaient à leurs familles.

La haine des Espagnols s'acharnant de jour en jour sur ce ponton, où se trouvaient, disaient-ils, les hommes les plus redoutables de l'armée française, ils n'apportèrent plus que du pain pourri et de l'eau ignoble, en mettant parfois de longs intervalles entre leurs parcimonieuses distributions.

Un capitaine de hussards, qui s'était distingué en Galicie et qu'on surnommait le *Gendarme* parce qu'il avait rétabli un semblant d'ordre dans cet enfer, commença d'écrire sur son carnet, pour s'en plaindre un jour aux autorités espagnoles : « 1er mars 1809, sans eau ; 2, sans pain et sans eau ; 3, sans eau ; 4, sans eau ; 5, sans pain et sans eau ; 6, sans pain ; 7, sans pain. » C'est lui qui faisait la police des marchés. Le « chien » de ce *Gendarme*, un vieux sapeur de dragons renfrogné, qui le suivait partout, avait eu la patience d'apprivoiser dans la cale des rats et des souris, et en faisait le commerce tous les matins, son chapelet de bêtes étalé comme dans un marché. Ce marché avait ses règlements. Là, une souris se vendait cinq fèves.

Mais sur ce vaisseau lugubre, quand cette famine tomba, elle trouva la peste ; et c'est peut-être aussi la terreur, plus que la haine, qui éloigna de ces fantômes les Espagnols chargés de les nourrir. Tous les jours, il mourait dans ce ponton, seulement dans la première et la seconde batterie, dix ou quinze prisonniers français. Sous ce climat chaud, ils se décomposaient en quelques minutes et portaient la mort aux survivants. Comme le service espagnol des inhumations ne venait qu'une fois par semaine, le *Gendarme* fit jeter régulièrement tous les cadavres à la mer.

Cet homme formidable, qui avait éclusé la souffrance et intimidé le désespoir, ne disait que cinq ou six mots dans la journée : des arrêts de mort contre les voleurs de fèves ou des encouragements aux malades, toujours avec bon sens et une douceur presque ingénue. Ce capitaine, le sapeur de dragons qui s'était voué à son service, et un médecin-major de la marine étaient les seuls du ponton qui n'eussent ni le scorbut ni la dysenterie. Sans doute parce qu'ils soignaient les autres sans penser à eux et ne se reposaient jamais.

D'un côté du pont, le scorbut, avec son silence ; le typhus, de l'autre, avec son tumulte. Car les malades s'étaient instinctivement séparés, pour mourir ensemble du même mal. A droite, troupeau ulcéré et triste, muet, aux faces gangrenées, tachées de plaies noires, aux muscles raidis et aux mains terreuses. A gauche, délires perpétuels, hurlements perçants, soubresauts, éclats de rire, déchirements d'entrailles, visions d'assassinats, grincements de dents, puis, soudain, la raideur de fer du tétanos.

Mais les dysentériques étaient les plus lamentables, car ils avaient toujours faim. Un soldat, qu'on reconnaissait à ses galons pour un tambour de voltigeurs, assis sur un paquet de cordages, la figure morne et bouffie, les cuisses rapprochées du ventre, déchirait un rat qu'il tenait suspendu par les deux pattes de derrière. Contre son dos, un colonel de chevau-légers le regardait manger avec envie, sa langue dure et brune agitée de tremblements secs, retombant tout entière sur son menton, tandis que sa main ouverte laissait voir quelques fèves menues. Mais l'une de ces fèves étant gâtée, et le voltigeur en ayant présenté cinq bonnes après lui, le *Gendarme* avait refusé le rat au colonel pour l'adjuger au tambour.

Ces héros scorbutiques et dysentériques, avec ceux qui avaient le typhus, attendaient depuis *six* jours d'autres vivres. Tel était l'aspect de la vie humaine sur ce ponton. Que Dieu ne mente pas, il a vu cela.

Soudain, deux chaloupes espagnoles touchèrent le sombre radeau. Elles firent un petit heurt sur sa coque, puis l'une d'elles s'éloigna. Le *Gendarme*, se penchant, aperçut un jeune homme dans celle qui restait.

— Qui es-tu?

— Lieutenant au 10e chasseurs, prisonnier des Espagnols, passé du ponton l'*Estramadure* sur le vôtre.

— Une punition, sans doute?

— Oui. J'avais fait percer trois écoutilles sur l'*Estramadure*, pour donner un peu d'air aux camarades. Par mesure de discipline on m'envoie ici.

— Réfléchissez avant de monter, lieutenant. Sur notre ponton, c'est l'enfer ; vous pouvez encore vous noyer. Je vous le conseille.

— Alors, c'est qu'il y a deux enfers au monde. Mais je doute que ce soit plus effroyable ici que là-bas.

— Tant pis pour toi ! Monte.

Quand le jeune officier apparut, souriant, avec sa capote trouée, pieds nus et nu-tête, il regarda autour de lui et devint pâle :

— Ah ! murmura-t-il, je ne doute plus maintenant.

Mais c'était trop tard. Un millier d'hommes le regardaient, et leurs yeux s'étaient déjà emparés de lui...

A gauche, les dysentériques, se réveillant comme des larves des langueurs de l'hydropisie, avec leurs têtes jaune sale, leurs nez croûteux et fétides et leurs ventres collés aux reins, s'agitèrent sinistrement à sa vue. En même temps, à droite, tous les autres, les quatre ou cinq cents fantômes en proie au scorbut et à son auxiliaire le typhus, terminèrent en aboyant l'affreux cercle.

Le *Gendarme* les comprit, promena sur le ponton un froid regard qu'il acheva de poser sur l'homme ; puis il fit la grimace de Pilate :

— Dur de finir comme ça ; mais rien à faire. Je serais cuit si j'essayais de vous sauver !

Le jeune lieutenant, crispé des pieds à la tête, ferma les yeux sur la vision épouvantable, puis les rouvrit :

— Soit, dit-il rapidement, c'est moi-même qui me suis jeté aux loups. Prenez mes papiers, capitaine. Voici le paquet. Il y a quelques lettres pour ma mère, et celle-ci... celle-ci est pour ma femme... Maintenant, faites vite !...

Le cercle s'était tellement rétréci qu'en se retournant le *Gendarme* culbuta sur des dysentériques. En trois coups de bottes, il les chassa :

— Ah ! mais non ! Ah ! pour ça non ! Arrière ! grenouilles ! ou je vous fais manger du sabre ! Agrandissez le cercle. Lieutenant dit-il au jeune homme, déshabillez-vous.

Un médecin s'avança. Lui aussi avait compris.

— Les commandants de compagnie, ordonna le *Gendarme*, au rapport !

Ces chefs improvisés n'avaient aucun grade, des subalternes pour la plupart, mais qui avaient prouvé, depuis six mois, leur énergie. Sur le ponton, personne n'obéissait plus au colonel ; ce colonel, d'ailleurs, eût été incapable de rien commander, la faim l'avait rendu fou.

Douze hommes se présentèrent, d'effrayantes images qui n'avaient rien d'humain que les yeux, les vrais chefs dans ce désespoir. Vite on s'expliqua.

— Nous allons manger, dit le *Gendarme* ; mais il faut de la méthode. Gare au règlement ! Vous direz à vos hommes qu'ils regardent tout sans broncher. Si je ne les enferme pas dans la cale et dans les batteries, c'est que je veux qu'ils voient comment va se faire le partage. Justice en tout. Personne ne sera volé. Nous sommes neuf cent soixante-neuf, à douze compagnies ; il y aura donc neuf cent soixante-neuf parts. Le médecin désignera la viande et chacun marquera le chiffre de sa compagnie sur le morceau. Ensuite, nous tuerons. Allez.

Il se plaça derrière le médecin, sabre nu.

Tranquillement, le jeune officier de chasseurs s'était déshabillé. Une juvénile résignation, où se montrait encore un peu d'étonnement, avait penché son visage. « Devant ces douleurs, semblait-il songer, qu'est la mienne?... »

Le soleil tomba sur le pont, éclaira le corps maigre du soldat, blanc et pur comme un corps de femme. Il portait une petite ligne blanche sous le sein, à droite, la cicatrice d'une balle.

— Où l'as-tu gagnée? demanda le *Gendarme*.

— A Eylau.

— Salut.

Et il serra la main au jeune homme.

Avertis par le major, les malades étaient revenus s'accroupir à leurs places accoutumées, silencieux, leurs cous dressés comme des chiens qui regardent faire leur soupe. Du cercle formé autour de l'homme nu, des paroles s'élevaient, claires et formelles, qu'écoutaient goulûment les dysentériques voraces et dont leurs yeux glauques s'illuminaient.

— 4e compagnie la cuisse droite ; 5e compagnie, la cuisse gauche. Marquez. — Fressure, cœur, rate et ceci sur la poitrine, 8e compagnie. — Toute cette pièce le long du dos, 9e compagnie. — Les épaules...

Les yeux, sur le ponton, brillaient de plus en plus.

— Les pieds, les mains, le cou...

A ce dernier mot, l'officier fit un geste inaperçu.

— Le cou, les genoux, la graisse, 3e compagnie.

A l'appel de son numéro, chaque fois, un homme marquait.

Le partage fut vite terminé ; tout, jusqu'à l'intérieur du corps, tissus et viscères, le foie, les reins, la vessie — sauf la tête.

— Et le sang?

— Nous l'étoufferons, grommela le *Gendarme*. Chacun en aura ; il faut de la justice en tout.

— Prends la tête, dit le major.

— Non, toi.

— Non, je refuse. Je suis le médecin et j'ai fait les parts ; je dois me contenter du rebut, les nerfs, les tirants, les cartilages.

Moins sensible à la faim que ses hommes, le *Gendarme* hésitait :

— La tête? La tête?

Cette noble figure vivante lui répugnait. Ce n'était pas de la chair, cette chair, c'était de la jeunesse, du courage.

— Je devine ! dit le major en colère ; eh bien ! marque la cervelle pour ton sapeur et les joues pour toi ! Le ponton s'impatiente.

D'un geste vif, le *Gendarme* marqua la joue du lieutenant. Mais quand le jeune homme vit repasser la main pour aller marquer l'autre joue, il la saisit avec tant de désespoir et de force que le morceau de craie retomba en miettes du bout des cinq doigts serrés du *Gendarme*.

— Oh ! non ! non ! De grâce ! pas ça !

Il cachait sa joue droite.

— Quoi? grogna le *Gendarme*.

— Une coquetterie de jeune soldat. A vingt ans, capitaine...

— Coquetterie? Est-ce là une raison... Explique.

Le doigt posé encore sur sa joue, l'homme nu sourit, et ce sourire tombait dans le cœur du *Gendarme* comme un rai de feu.

— Le soir d'Eylau, capitaine, j'ai été nommé lieutenant sur le champ de bataille, et l'Empereur m'a embrassé ici...

Le *Gendarme* songea un instant.

— Tu as raison, dit-il enfin, je t'approuve. Cette joue-là, c'est une relique, c'est sacré.

Quelques secondes après, sur le cadavre étouffé, le médecin découpait la joue qu'avaient « baisée les lèvres de l'Empereur » et le *Gendarme* la lançait dans la mer.

L'Arbitre

Après son départ de Madrid, l'armée alla coucher au pied du mont Guadarrama. Il faisait un temps du diable. Les troupes s'avançaient, bras entrelacés, contre l'ouragan. A cause du verglas, toute la cavalerie mit pied à terre, guidée par l'Empereur qu'elle voyait au loin, à cheval sur un canon, avec son chapeau noir et sa limousine de berger. On arriva la nuit, et les corps d'armée bivouaquèrent.

L'Empereur, depuis quelques jours, marchait vers les Anglais qu'il comptait rejoindre en Corogne. Il ne se coucha pas, fit distribuer du vin et du bois aux troupes et s'en alla rôder autour des bivouacs.

Il était seul.

Arrivé au centre de la Garde, un groupe d'hommes l'arrêta. Caché à demi derrière un fourgon, il reconnut quelques moustaches. C'étaient les premiers légionnaires, il s'en souvenait, qui avaient reçu la croix au camp de Boulogne.

Il y avait un sergent et deux caporaux du 1er régiment de grenadiers à pied de la Vieille Garde, une dizaine de chasseurs et de pontonniers, deux houzards dont le plus ancien avait pris un étendard à Iéna. Ces quinze hommes, installés autour de quelques tisons mourants, étaient en train de jouer aux cartes une bouteille de kirsch.

— Trois, quatre ! Bougre de foutres ! Je jette mon point, tant pis !

— T'as écarté?

— Oui.

— Je n'ai plus que six cartes.

— J'en ai sept par une quatrième au régnant et trois as.

— C'est bon.

La neige tombait, une neige rageuse d'Espagne, et recouvrait peu à peu le dos voûté des soldats. Les épaules en étaient pesantes, et aussi le toit des shakos. Les bonnets d'ours des grenadiers semblaient des coupoles ensevelies. Tous avaient le même grelottement. De ces spectres de neige, parfois, sortait une main vive, qui posait une carte puis s'enfouissait dans les grands plis amples de la capote. Seul, indifférent aux rafales, un pontonnier gigantesque secouait de temps en temps sa tête nue et jetait de côté l'épaisse calotte blanche dont l'intarissable neige le recoiffait aussitôt ; c'était lui, d'ailleurs tout à son jeu, qui paraissait avoir le plus de chance :

— A carreau. Dix... A voir jouer : onze, douze, treize.

— Je le tonds.

— Dix-huit au trèfle. Vingt... Vingt et un pour toi.

Soudain une voix cria :

— Alerte ! Lui !

Les hommes étaient debout.

L'Empereur, découvert, s'avança.

Il souriait sous sa limousine, dont un pan couvrait son chapeau, et au fond de ce drap noir sa tête de cire apparaissait plus lugubre. Un tel silence gagna les hommes qu'on eût pu entendre se poser sur eux les cristaux de neige.

— Gardez vos cartes, dit l'Empereur.

Il les dévisageait un par un, lentement, et posait un nom sur chaque cicatrice :

— Asseyez-vous. Je vous connais. Vous êtes mes amis. C'est toi, Couraud, qui porta à Chebreiss les ordres de l'état-major ; toi, Gaborit, que je nommai caporal à Iéna ; et toi, Drutel ; et toi, Castaing, qui fis une compagnie prisonnière à Marengo. Vous voyez que je n'oublie pas mes braves. Continuez. C'est votre ami qui vient au milieu de vous. Quel est ce jeu?

— Le piquet.

— Place au bivouac ; je joue une partie avec le sergent.

— En combien, Sire?

— En quatre-vingt-seize. L'Italie ! Ça me portera bonheur !

— Tisonne, dit Gaborit à Drutel ; l'Empereur va se mettre entre Couraud et toi, c'est une bonne place.

Les bonnets d'ours et les shakos se rapprochèrent, et à la lueur du foyer une autre partie commença.

L'Empereur :

— A qui de faire?

— Au plus fort point.

— Un sept.

— Un roi.

— C'est toi qui l'as, dit l'Empereur, tant mieux ; les rois ne me vont pas, à moi. Je donne... Coupe.

Un silence.

La partie était sérieuse. Tous avaient les yeux braqués sur leurs cartes. De temps en temps, un mot, un cri bref. Chacun jouait pour soi. Nul grade dans ce tas d'ombres. La tempête, les recouvrant d'un même uniforme, venait de faire égaux ces soldats ; les décorations et les broderies s'étaient effacées. Au milieu de ces vingt fantômes de neige, on ne distinguait plus maintenant le nouveau venu.

— Annoncez, Sire.

— Cinq cartes, dit la voix brève de l'Empereur, comme si elle donnait des ordres, quinte au valet, quatorze de dix. A voir jouer, quatre-vingt-quinze, seize... J'ai gagné...

Jetant ses cartes :

— ... Et je laisse le point !

— Hein, protesta le sergent stupéfait, en montrant aux autres le quatorze de dames qu'il avait en main.

— Qu'est-ce que cela signifie? s'écria nerveusement l'Empereur, oubliant qu'il parlait à des soldats, je déteste les illusions ! Je suis toujours dans le fait, moi ! C'est mathématique. Cinq cartes, quinte et quatorze : quatre-vingt-quatorze. Hé ! toi, là-bas, cria-t-il à un homme qui passait derrière le bivouac, oui, toi-même ! viens nous dire qui a gagné !

Mais il n'avait pas fini de parler que tous les joueurs s'élancèrent au-devant de l'homme d'un jet :

— Halte !

— Un second pas, ajouta Couraud, et je te casse la tête.

Froidement, il arma son pistolet.

— Eh bien ! fit l'homme étonné, qu'est-ce qu'il y a donc, camarades? C'est-il que je suis fou ! Il m'a semblé que l'Empereur m'appelait, j'ai reconnu sa voix.

— C'est bien lui, dit Couraud, mais ne te dépêche pas tant. Minute. Ton nom?

— Fajol, grenadier.

— Je ne vois pas ta plaque. Quel corps?

— Maréchal Lannes.

— Ton âge?

— L'âge de tout le monde, soixante-trois ans.

Il fit un pas.

— Tu as de la gaieté, gronda Gaborit, mais je te jure que si tu t'approches, tu es mort. Réponds au sergent.

Couraud, à dix pas de l'homme, reprit son interrogatoire :

— Ça ne suffit pas, ton nom, pour t'asseoir ici. Quelles campagnes?

La voix obéit, sèche, comme au rapport :

— Toutes, depuis l'an VI, et puis les campagnes de 1805 à 1807, Grande-Armée.

— C'est bon, dit Couraud un peu plus doucement, mais pour mettre le nez dans les affaires de l'Empereur et de la Garde, il faut des états de services.

— J'ai mes blessures.

— Combien?

L'homme récita sa page de livret :

— Éclat de bombe dans les reins, à Lodi. Coup de feu dans la paume de la main droite, aux Pyramides. Coup d'épée à l'épaule droite à l armée d'Helvétie, Zurich. Porté à l'ordre du jour par Masséna. Trois coups de sabre aux cuisses à l'armée du Rhin, Hohenlinden, et un coup de lance dans le ventre à Austerlitz. En tout, sept blessures. J'en ai assez pour ma dent creuse. Maintenant, qu'est-ce que vous me voulez?

— Nous autres, rien. Mais le Petit Caporal va te faire voir nos cartes et il te demandera si c'est lui ou le sergent Couraud qui a gagné la partie. Alors, tu penses, on voulait d'abord te connaître. A présent qu'on sait qui tu es, tu peux répondre à l'Empereur.

— Ah ! gronda le soldat en dressant son cou, c'était donc lui !

La barrière menaçante se disloqua, les hommes s'écartèrent, et le vieux grenadier, un doigt contre la plaque de son bonnet d'ours, s'arrêta soudain.

Solitaire, accroupi devant le dernier tison du bivouac, l'Empereur tenait encore ses cartes à la main. Avec une attention profonde, il avait écouté le sergent, puis le soldat.

— Bon, dit-il aux joueurs. Et toi, grenadier, c'est parfaitement répondu.

Les yeux brillants, la voix froide, il laissait tomber ses mots, lentement, comme la neige :

— La Garde, tu vois, connaît sa valeur ; elle a le souci de sa dignité. Pour juger entre elle et son chef, elle sait qu'il faut être un brave. Tu en es un.

L'homme ne bougea pas, mais il ferma son œil gauche avec énergie.

— Connais-tu les cartes? demanda l'Empereur.

— Oui, Majesté.

— Le piquet?

— Oui, Majesté.

— Eh bien ! il y a litige entre moi et tes camarades, c'est-à-dire que je suis certain d'avoir gagné, tandis qu'ils soutiennent que j'ai perdu. Ils ne l'ont pas dit, mais je le devine dans leur silence.

Les hommes firent un geste. Napoléon les arrêta.

Il s'impatientait.

— La loi du jeu, dit-il en crispant les cartes, est claire, précise, uniforme. L'interpréter, c'est la corrompre. Écoute bien. J'avais cinq cartes, une quinte au valet...

Il s'interrompit brusquement, car le grenadier n'écoutait plus.

— Tu m'entends?

— Oui, Majesté.

— Je continue... La quinte excellente. (*Rapide*.) Quatorze de dix, ça faisait quatre-vingt-quatorze. J'ai joué quatre-vingt-quinze quatre-vingt-seize. J'ai donc gagné ! Ah ! çà, dit-il, à quoi rêves-tu donc?

Le vieux soldat ne regardait même pas les cartes. A la question de son chef, il fixa son œil sur les quinze hommes immobiles, puis sur l'Empereur, enfonça ses doigts dans sa moustache, en mordit un bouquet avec ses dents, et dit :

— Sauf respect, Majesté, tu as perdu.

Et il se raidit comme pour attendre un obus.

Napoléon, tutoyé sur les rangs par quelques vieux d'Italie, ne s'offusqua pas du ton de la réponse ; mais son esprit de joueur se révolta :

— Perdu? La preuve?

— Est-ce que je peux dire?

— Tu en as beaucoup dit déjà, il me semble. Va tout de même.

— Eh bien ! Majesté, fais ton compte que si tu avais à peu près gagné la partie, le sergent aurait dit tout de suite qu'il était foutu, et aucun n'aurait osé réclamer, parce que tu es notre Empereur ; mais puisque les camarades n'ont pas dit encore que tu as gagné, c'est que tu as perdu, archiperdu !

Comme Napoléon ne répondait pas. l'homme eut un imperceptible frémissement Il sentait la colère du despote.

— Excuse, Majesté. Ce que j'en dis, c'est pour le bien de tous. Un grenadier ne connaît que son devoir. Et puis, quoi ! une de perdue, cent de gagnées ! T'en as l'habitude.

Napoléon se leva.

Dans les yeux arrêtés sur lui se devinait une sorte de joie sourde. Il la comprit, jeta les cartes :

— A une autre fois, dit-il. Puisque j'ai perdu, je paie. Voici quatre livres de plus que le point ; c'est cinq napoléons. Vous boirez un coup à ma santé.

On eût dit qu'un bloc tombait des poitrines. Des mains religieuses traînèrent un salut le long des shakos, et l'Empereur s'éloigna sous sa limousine de neige.

— La morale est fondée sur des conjectures, disait-il le lendemain à Duroc ; on désaffectionne les soldats aussi bien par une peccadille que par des fautes graves.

Et, dès lors, quand il joua aux cartes avec la « Grogne », il ne tricha plus.

L'Oreiller

En novembre 1811, un matin, l'Empereur, qui passait dans une salle des Tuileries, rencontra Mme de Montesquiou portant dans ses bras le roi de Rome. Il écarta les sous-gouvernantes et les pages, et gratta doucement la joue du roitelet.

— Mon fils a été très enrhumé la semaine dernière, dit l'Empereur. N'écoutez point trop les médecins, madame, ils sont trop soigneux. Cet enfant a une bonne constitution, il faut le former à un régime solide.

— J'y tâcherai, Sire.

— J'espère que vous m'apprendrez bientôt que ses quatre dernières dents sont faites.

Le rhume qu'avait eu son fils inquiétait Napoléon. Il dit en rêvant :

— L'Élysée ne me plaît pas, et les Tuileries sont inhabitables. Je ferai construire pour le roi de Rome un joli palais sur les hauteurs de Chaillot.

Les dames s'inclinèrent. Et tandis que leurs mousselines, comme un long rêve blanc, glissaient avec lenteur dans les grandes chambres silencieuses, Napoléon s'arrêta près de la porte contre le grenadier de garde qui lui rendait les honneurs.

— Eh bien, Grangier, toi qui as vu mon fils tout à l'heure, n'est-ce pas qu'il est beau?

Une larme roula sur la moustache du soldat.

L'Empereur n'aimait pas les bavards. Il fut enchanté de la réponse, et s'éloigna.

L'année suivante, 1812, chassé de Moscou par l'incendie, l'Empereur recule. On se bat maintenant au hasard de la retraite, où le veulent la plaine, le défilé, la faim, la nuit, la neige. Car le ciel est dans les rangs russes. La glace durcit les dos de l'armée française, filtre dans l'éponge des uniformes ; un vent hérissé d'aiguilles luisantes perce les poitrines, gèle les bravoures, fait craquer lentement les cœurs. Toutes les divisions sont mêlées. Aucun ordre. Les peuples accablés de misère se coudoient dans la reculade. On lutte sans savoir, on se bat d'une main où chancelle un sabre, les yeux baissés, en marchant. Le soir, on cherche de quoi manger. Quel est le camarade qui cache une dernière poignée de riz? du lard? un vieux carcan maigre? Où est-il? pour qu'on le force à partager ! Où est celui qui refuse? pour qu'on le tue ! Dans l'ombre, on met le feu à de vieilles roues de voiture, à un tronc d'arbre ; d'horribles dîners cuisent sur de petites flammes fumeuses. On parle à peine, on mange, on se souvient, on meurt. Il y en a, au milieu d'une bouchée, qui tombent dans le feu, près des marmites ; personne ne s'avance, et les mains qui restent se réchauffent à celui qui brûle. L'Empereur rôde autour du terrible cercle, sa petite Ombre domine le paysage, au loin.

Le 8 novembre, à quelques jours de marche du Dniéper, le 4e corps qui venait de se battre se trouvait dans les plaines de Viazma. Une vingtaine d'hommes : grenadiers, artilleurs, carabiniers, houzards, un chef d'escadrons de guides, et un général à tête rabougrie d'hyène attisaient le feu autour d'un grand pot plein de sang de cheval.

Des mains s'approchaient, s'élevaient, retombaient de fatigue, des pattes de vieux singes aux longues paumes ridées et aux doigts courts, d'autres plus vivantes, aux ergots de coqs russes, des mains de kangourous aux doigts tordus et de travers que la flamme grillait et refoulait sous de magnifiques fourrures, pillées à Moscou.

Soudain, quelque chose d'énorme et de puant, un bonnet de grenadier planté sur une peau de lion, s'arrêta sous une vague de fumée lourde, apparut dans le cercle, et il s'en arracha un cri gascon, guttural, une voix sonore que l'angine faisait siffler :

— De ce mostre ! Quel froid ! j'ai des grains de glace dans le gésier. Si le *Petit Romain* était avec nous, je le plaindrais !

On le regarda. Mélancolique, la face penchée, le poil dur, tout recoquillé sous son grand bonnet, il montrait une bonne tête de bouc apprivoisé. Quelqu'un le reconnut :

— Grangier.

Un sous-officier de dragons remua le sang dans la marmite avec une baguette de fusil qui plongeait dedans.

— Mars 1811, dit-il avec douceur, le roi de Rome a aujourd'hui vingt mois.

Un léger frisson, la dernière pitié possible à ces cœurs chargés de neige, rétrécit un peu le bivouac.

— Un roi qui a vingt mois... murmura derrière le cercle un lieutenant de voltigeurs aux joues creuses et blêmes.

Le reste de l'idée gela sur ses lèvres, l'officier se tut.

— Et gentil, et blanchet, tout sucre, un vrai fils d'empereur, dit Grangier. Le général l'a vu au retour de Dresde...

On regarda le vieillard. Le général à tête d'hyène, qui avait perdu sa brigade à Ghorodina, buvait par lampées le reste d'une bouteille de liqueur, et murmurait après chaque rasade : « Je sue... je sue... » Il ne répondit pas.

La distribution du riz au sang de cheval commençait. Les hommes le mangèrent à poignées. Le lieutenant de voltigeurs, en guise de pain, hachait avec ses dents un peu de paille de chaume. Des têtes envieuses, déjà, sortaient de la nuit et s'approchaient.

— Si on faisait, tous les jours des festins pareils, grogna un cuirassier, on pourrait peut-être espérer revoir la France.

— Opf ! souffla un cantinier, je m'y connais, nous crèverons tous. N'est-ce pas, mon général?

— Je sue... je sue... je sue...

La bouteille finie, le général roula par terre.

— Et dire, murmura Grangier en claquant des dents, que lorsque ça sera son tour d'être Empereur, le *Petit Romain* n'aura aucune idée de nous autres, pas même un souvenir, rien que des histoires.

La voix sévère d'un jeune chef d'escadrons se fit entendre :

— Nous n'avons eu que nos sabres à offrir aux rois.

Dans le groupe de houzards, un adjudant, tête grimacière de gorille, à l'œil clair, au nez gâché par une balle, l'un de ceux qui avaient le plus pillé dans Moscou, n'hésita pas ; il sortit de sa peau d'ours une boîte d'or ciselé pleine de diamants :

— C'est ce que j'ai de mieux. Je les offre au petit roi de Rome.

Grangier hocha le front :

— C'est pas précieux, ces affaires-là ; c'est russe, et puis c'est volé. Un enfant d'empereur a plus beau.

— Nos tripes, alors ! Patience, dit le cantinier, *il* les aura.

— Toi, Favoul, qu'est-ce que tu donnerais à c't'enfant.

— Mes images.

Il montra un grand tube de zinc, où étaient roulés deux Raphaël.

— Et toi, Delzons?

Le houzard cogna sa sacoche de cuir :

— Un bon Dieu d'ivoire, six mille roubles

Il y en eut qui dirent :

— J'ai dix robes de femmes tout perles et tout soie.

— Une capote de prince en canard eider ; je l'ai sur moi, je la lâche si c'est pour l'Enfant.

— Moi des peaux à coucher vingt reines. De la zibeline !

L'Empereur, ombre errante, s'était arrêté depuis une minute derrière ce bivouac de spectres, et les écoutait.

— Et vous, mon général, demanda le dragon, vos étrennes?

L'ivrogne, qui avait fini de boire, retrouva sa conscience souillée.

— Un cadeau... balbutia-t-il, à qui?

— Au fils de l'Empereur.

Le vieillard, sous la lune, avança deux cailloux de glace rouge, ses cuisses brisées par un obus :

— Mes blessures, dit-il.

Et il se recoucha pesamment.

— Il ne sait plus ce qu'il dit, murmura le cantinier, il est fou d'avoir perdu sa brigade.

— Il y en a encore un qui n'a pas parlé ! cria le dragon. Personne n'a demandé à Grangier.

Un houzard le prit par le cou. L'Empereur s'en allait déjà, plus triste.

— A quoi que tu tiens le plus, Grangier?

— Moi, fit le vieux soldat qui rit en regardant le feu, à mes moustaches !

Quelques vétérans trouvèrent drôle la farce. A ceux-là aussi, un matin de combat, l'Empereur... (Des fronts se souvenaient.) C'était devenu un geste fameux ; l'index de bronze pinçait les trois poils, on raidissait le col sous cette main d'empereur qui sentait le tabac. Pour cette caresse, on mourait.

— Gardez vos défroques ! souffla Grangier tout à coup ; c'est justement à propos de moustaches qu'il vient de me venir une idée première ! Je vas vous la dire ; approchez !

L'Empereur entendit de grands rires monter dans la plaine, et s'arrêta. Mais c'était funèbre, il n'osa plus écouter.

***

Deux jours après, issus des divisions que le désordre de la retraite mêlait et culbutait confusément, trois cents hommes de neige partirent vers le quartier de l'Empereur établi non loin, dans la direction de Krasnoé.

L'aurore se levait. Au travers de cette Grande Armée, jadis si allègre, qui rampait sur ses morts depuis Moscou, ces bandes de soldats dressés par un même orgueil, marchaient en parade et faisaient de leurs gros talons chanter la route.

En avant, sous les passe-montagne de fourrures où étaient enfoncés leurs casques, leurs shakos et leurs bonnets d'ours, on reconnaissait, avec les amis de Grangier, des hommes de toutes les armes, terribles visions entrevues dans l'écartement des cache-nez : un officier de cuirassiers, à face de Dante, suivi des plus anciens de sa brigade ; quelques artilleurs du major Vivès, vêtus de brocarts inouïs ; et, sanguin, le corps long et droit, une jupe de tsarine sur ses reins durs et appuyé sur le tronçon de canne d'un tambour-maître, un jeune lieutenant, aux épaules faîtées de glace, les conduisait en boitant. D'autres têtes grandioses se remarquaient dans la foule. Un commissaire des guerres la dominait de sa grande taille, matelassé d'hermines sous une robe chinoise de soie violette. Un sergent de voltigeurs, à figure de poisson, sans cou, fumait dans une longue pipe ornée aux chaînettes de deux gros rubis, et crachait avec des grimaces de dément : il avait un éclat de bombe dans les reins. Trois

Le suprême cadeau pour le « Petit Romain. »

carabiniers, dont deux capitaines, héros de l'affaire de Taroutina, marchaient et causaient au milieu d'une trentaine d'hommes de l'arme. Le premier avait la voix rauque d'un Lapon ; arrêtés par la fourrure, ses mots s'étouffaient dans un sourd grognement ; mais ses deux amis le comprenaient : « oui », « non », disait parfois le deuxième ; et leurs becs aquilins, nez hardiment courbés des enthousiastes, sortaient par instant des grosses peaux d'agneau qui les préservaient, tandis que celui qui marchait derrière, officier subalterne, riait doucement d'une voix aiguë, les joues figées entre deux chabraques comme une huître sous sa double écaille. Enfouis, enveloppés, secrets, on ne voyait d'eux que des hauts de figures, des morceaux de faces souffrantes, des yeux que les mères n'allaient plus reconnaître, des bouches froides comme des prisons, des tempes crevées de rides, des joues déformées, des chevelures féroces, là une tête bridée de Malais, ici un mufle de chien aux coléreuses mâchoires. Il en venait et il en défilait sans cesse, toujours. Sur tous ces visages, cependant, de nobles signes poétiques se lisaient dans l'harmonieux développement des fronts, dans l'ordre pur des rides droites. Cette marche dura une heure. Et ce fut, enfin, non une troupe d'hommes, mais la Souffrance sans plainte, le Malheur sans gémissement de ce qui restait de l'armée française qui s'arrêta devant Napoléon.

— Que me veulent-ils? demanda l'Empereur inquiet.

Ils s'étaient rangés devant leur chef. Immenses sous leurs coiffures panachées de glace, et enfoncés dans la neige jusqu'aux genoux, ils semblaient de petits gros hommes pétrifiés.

— Allez le leur demander, Murat.

Un jeune commandant de ligne vint expliquer à Murat ce que désirait cette troupe fantastique :

— Ils veulent remettre à l'Empereur — à l'Empereur lui-même, disent-ils — un cadeau pour le roi de Rome.

— Approchez, dit Murat.

L'Empereur aux joues vertes grelottait dans ses fourrures sur un éclat d'arbre brisé. Quatre hommes se détachèrent de la foule blanche, firent le salut, à deux pas, et lui présentèrent un coussin recouvert d'une vieille soie fanée. Napoléon le prit.

— Qu'est-ce?

Grangier parla :

— Un oreiller pour votre enfant, sire.

— Oui, rêva l'Empereur, je te reconnais encore... C'était l'année dernière.

Soucieux, il baissa la tête, répéta : « l'année dernière... » Et il y eut un si grand silence qu'on entendit craquer sous sa botte une aiguille de glace, tout bas.

— Sire, dit en tremblant le grenadier, nous nous sommes réunis, tous ceux de votre Vieille Garde qu'on a pu trouver d'Italie ou d'Égypte..., les plus anciens. Ce sacré froid-là (Il frappa la neige du talon.) nous a donné à tous la même idée. Consigne : deux coups de rasoir. Et l'oreiller a été prêt en trois jours. C'est cousu dans un drapeau de Platow, et nous y avons mis ce qu'on avait de mieux, Majesté, du crin riche ! (Le visage de l'Empereur restait toujours étonné.) Nous autres, ajouta le soldat, nous pouvons mourir en chemin ; mais quand vous serez à Paris, notre Empereur, si votre petit roi aime comme vous les vieux, qu'il pose sa tête sur cet oreiller, il dormira là-dessus de beaux dimanches.

— Explique-toi mieux, dit le pâle Empereur.

Envahi par une émotion mystérieuse, il avança la main vers la figure du grenadier. Le geste machinal voulut tirer la moustache, il ne prit que le vide...

César s'était dressé comme un aigle atteint ! Il avait brusquement compris, et regardait la foule. D'elle, au-dessus des fourrures, on ne voyait que ses yeux. Alors, si pâle que sa pâleur était plus pâle que la neige et que son visage s'effaçait sous le chapeau sombre, il éleva jusqu'à ses lèvres le cadeau de ses vieux soldats, et une larme impériale, rare, une des larmes chères de sa vie, tomba plus doucement qu'aucun mot sur cet oreiller de *moustaches blanches*.

— Il pleure, dit quelqu'un, nous sommes payés.

Et, laissant rêver le maître, ils s'en allèrent.

L'Aigle de la Haie-Sainte

Sur le champ de Waterloo, vers la fin, à huit heures du soir, au lieu dit la Haie-Sainte, l'Empereur, pressentant le désastre, mais sans rien perdre de son sang-froid, fit rompre la colonne de la Vieille Garde et lui donna l'ordre de rétrograder en trois carrés.

Elle était composée de vieux soldats. Sur dix, six ou huit portaient la Légion d'honneur. Hommes épais, aux dures charpentes, aux moustaches vénérables, quelques-uns tête blanche, tous la mine sévère. Ils partirent en reculant. C'était la première fois de leur vie.

D'abord, ils écartèrent sans peine la cavalerie. Mais ses charges se pressaient et se multipliaient contre eux avec tant de rapidité et de fureur qu'ils durent garder cette formation en marchant. Dès lors, l'infanterie anglaise, en ligne sur quatre rangs, prit le dessus. Son feu plus large et plus lourd battait les carrés de front et d'écharpe. A ces fusillades se mêlait la mitraille des batteries Rogers, Whyniates et Gardiner qui tiraient à soixante mètres. Une multitude rouge, innombrable et hurlante, les brigades Wincke, Adam, Lambert, Halkett, Kruse tourbillonnaient autour des grenadiers, s'écrasaient, se relevaient et se relançaient contre eux. Assaillie à la fois sur tous les côtés, la Vieille Garde ressemblait à un roc battu par l'orage. Après les feux, quand la fumée se déchirait, on apercevait le rocher debout et à la même place. Mais le flot ennemi, à chaque secousse, l'usait. C'est alors que les grenadiers se formèrent, non plus sur trois rangs, mais sur deux, non plus en carrés, mais en triangles. La manœuvre s'exécuta comme au Carrousel.

Des lieutenants de soixante ans commandaient dans ce tumulte :

— Premier rang, joue... feu !

Les soldats de la Garde, surnommés « Immortels » par la France, tiraient avec méthode, froids et graves, éclaboussés par leurs voisins qui tombaient. Les balles anglaises traversaient les trois carrés et leur tranchaient à la tête de pleines grappes de bonnets à poils. Tous les cinquante mètres, les hommes faisaient halte pour serrer les rangs, les reformer et repousser une nouvelle charge de cavalerie, une nouvelle attaque d'infanterie.

— Deuxième rang, joue... feu !

Désespérés par un si bel ordre, les Anglais se ruèrent ; toute la masse des ennemis se souleva en vagues de feu contre ce qui restait de la France. Là il y eut du trouble et l'on se battit avec les mains. Au premier rang des carrés, d'énormes hommes, aux moustaches gauloises, aux yeux bienveillants repoussés au fond de la tête, se faisaient remarquer par leur mépris des blessures ; on eût dit des morts qui luttaient. Déshabillés par les sabres, rhabillés par leur propre sang, ils surgissaient des flammes, moins nombreux d'instant en instant.

— Premier rang, joue... feu !

A cette heure suprême où la Garde se voyait mourir, aucun homme n'était inutile. Sous la charge anglaise, on voyait les blessés couper les jarrets des chevaux et leurs mâchoires rouges mordre aux bottes les cavaliers. Le meurtre avait succédé à la bataille. Mais le plus fort bataillon combattait sans haine. Là étaient les vétérans, là la discipline. Ceux-là rompaient au pas.

— Deuxième rang, joue... feu !

En selle dans le triangle du 2e bataillon du 1er chasseurs, Cambronne regardait la mort éparpiller ses soldats. D'immenses vagues de sabres ennemis allongeaient de toutes parts l'horizon. La Vieille Garde reculait toujours, mais hautaine, décimée lentement, devenue peu à peu toute petite. Le contact était si étroit que malgré le rauquement des canons et le sifflement des fusillades, on entendait parler les Anglais. Ils criaient : « Rendez-vous ! rendez-vous ! » Et les vieux grenadiers s'étonnaient de ce cri nouveau, jamais entendu. Quelques-uns, les décorés, rirent à petits coups dans leurs moustaches blanches.

— Premier rang, joue... feu !

Tranquillisé, raide comme un pan de bois, Cambronne recula encore de cinquante mères. On allait atteindre le plateau de la Belle-Alliance. Là, était l'Empereur. Mais les dragons anglais, les lanciers noirs de Brunswick, avec l'infanterie de Maitland et de

La dernière revue de la Grogne.

Seul, Cambronne avait la colère au cœur. A cheval au milieu des triangles, dominant la Garde de son corps insensible et de sa caboche sanglante, la force de sa tristesse le tenait debout.

— Coupez les Aigles ! s'écria-t-il enfin, brûlez les drapeaux !

Des coups sourds retentirent ; une flamme monta des sections intérieures. L'incendie sacré était accompli.

Mitchell rechargèrent tout à coup en trombes furieuses. La Garde tira, calme et belle :

— Deuxième rang, joue... feu !

Un remblai de chevaux et de cadavres

s'éleva autour des grenadiers. Ils le gravirent. Un grouillement lugubre d'artillerie et de cavalerie enveloppait cette poignée de soldats. Éblouis d'admiration, mais humiliés, les Anglais fusillèrent ces grands fantômes, au visé, sans hâte, avec précision. La petite troupe riposta.

— Premier rang, joue... feu !

Puis elle repartit. Quelques pelotons purent atteindre la Belle-Alliance. D'autres, les derniers, restèrent là, dos à dos, la baïonnette croisée, sous les rafales de la mitraille.

— Deuxième rang, joue... feu !

C'étaient les plus vieux. Ils furent bientôt couchés.

— Premier rang, joue...

Cambronne tomba, frappé au visage.

— Deuxième rang...

Puis une multitude passa au galop et envahit la plaine.

La Grogne Impériale était morte.

***

Cette nuit, entre la Haie-Sainte et la Belle-Alliance, les soldats gisaient à la place où la mort les avait fauchés. Gerbes funèbres. Il y en avait plein les vergers, plein les haies.

Les rôdeurs avaient dépouillé les hommes. La plupart étaient sans chemise. Nus et jaunes. Quelques-uns ressemblaient à des bronzes poudrés de cendre.

Enchevêtrés dans ces morts, on voyait des brancards de fourgons, des affûts en pièces, des sacs ouverts, des armes cassées.

Surgi d'une butte de cadavres, un maigre drapeau incliné tremblait au vent de la nuit, déchiré, criblé, sale, sans aigle.

Sous la lune cruelle, rien ne luisait que les lettres d'or écrites sur ce drapeau, des lettres qui formaient des noms, des noms que les peuples effrayés avaient pu croire immortels.

Dans l'immobilité de ce champ de bataille empesté et blafard, lorsqu'un souffle passait, rien ne remuait que cette petite frange pouilleuse pendue à ce petit bâton encroûté de sang.

Ce léger frisson, ce reflet vague, cet imperceptible signe de vie au milieu de cette morgue géante, c'était sinistre.

Au-dessus de cette forêt humaine renversée, les nuages glissaient et se hâtaient. Si l'un d'eux passait sur la lune, les cadavres semblaient rentrer dans la terre ; mais le nuage passé, quand la lune redescendait sur les morts, cinquante mille soldats semblaient sortir de dessous terre et remuer les bras vers le petit drapeau.

A ce moment, une lanterne apparut au bout d'un chemin creux.

Elle s'avançait lentement.

Ce n'était qu'un spectre qui pouvait se promener là. C'en était un en effet.

C'était l'Aigle de l'Épopée, blessé à mort, lui aussi.

L'Empereur.

Le visage sillonné par des larmes qui ressemblaient, sur son visage vert, à des larmes vertes, il était revenu des Quatre-Bras, où fumait son triste bivouac, pour dire un dernier adieu à sa Garde.

Un coup de vent éteignit la lanterne. Il la jeta. Alors il parut plus grand au clair de lune, grand comme autrefois, quand il passait une revue.

Celle-ci, la dernière, peut-être.

Les divisions mortes étaient reconnaissables, étendues, tuées, dans l'ordre qu'elles avaient debout.

Il enjamba les nerveux fantassins du comte d'Erlon et de Durutte, et s'arrêta bientôt devant un premier carré solitaire.

Il les devinait, ceux-là, sans les voir. Ils faisaient de grosses ombres au milieu des autres.

Soudain, il se pencha ; il avait cru entendre...

Le carré murmurait des plaintes et des soupirs inintelligibles. La « Grogne » renversée grommelait des mots secs dans ses moustaches. Que disaient ces hommes? Que lui reprochaient-ils?

La lune, tout à coup, éclaira le gigantesque charnier. Vision affreuse ! Non, la Garde ne murmurait pas. Morte, elle était toujours disciplinée et silencieuse. Elle était là, couchée, noire sous d'innombrables ailes noires ; et ce bruit sec que l'Empereur avait pris pour des paroles et des reproches, c'était le bruit des corbeaux, d'une multitude goulue et grouillante de corbeaux qui étaient en train de manger l'armée.

Au sombre soupir qu'il exhala, les corbeaux regardèrent l'impérial rôdeur.

Ongles enfoncés dans la charogne de son règne, ils ne bougeaient pas. Ils n'avaient plus peur de l'Aigle mourante.

Puis ils se remirent à piquer les yeux des morts.

Et l'Empereur s'éloigna, chancelant sous sa capote ouverte par les balles, pendante comme des lambeaux d'ailes.

Il venait de comprendre que c'était *fini*.

DANS LES FOYERS

Réfractaire

Du fossé de Waterloo où il saignait, calé sur un coude, Pitois regarda la plaine. Elle était rouge de soldats tués. A cette vue, le rigodon de la Garde hoqueta dans sa mémoire : « Où peut-on être mieux qu'au sein de sa famille!.. — C'est vrai, dit Pitois, et je m'en vas prendre la route de la mort pour retrouver les anciens. » D'un poing ferme, il tira son sabre, et il allait se l'enfoncer au cœur, lorsqu'il aperçut, couchées près de son sac, les tristes oreilles d'un camarade blessé qui le regardait en soufflant. C'était son vieux cheval Bautzen.

Alors, sentant qu'il laisserait quelqu'un dans la vie, le dragon jeta son sabre. Puis, comme il songeait, il aperçut des petites choses, au loin, qui lui faisaient des signes. C'étaient des années de vieillesse qui l'appelaient et lui reprochaient de les avoir oubliées. Il les comprit, fit lever son cheval et s'en alla.

L'haridelle épique.

Après les *Adieux*, riche d'une rente de cinq cents francs que lui rapportaient onze campagnes et huit blessures, Pitois vint s'établir à Beaune-la-Roche, en Bourgogne, et il emmenait avec lui, outre une balle de Blücher qui roulait toujours dans son ventre, un rhume de Borissof et son camarade Bautzen.

C'était un cheval de dix-huit ans, tout en cheveux, aux dents avancées, aux salières creuses. Il avait les cils blancs, un brin de ladre au nez. L'os de sa ganache tranchait comme un rasoir. Gris sanguin vers Essling, il était devenu tourdille à Waterloo — de chagrin peut-être — ensuite blanc, puis jaune. Maintenant, un peu abruti, sans souffle et sans fève, la tête basse, il avait l'air de ne plus savoir quelle couleur prendre.

Le bourg qu'habitait le grognard, sous un pan de bleu, entre une église de quatre écus et deux haies de figuiers, comptait dix petits feux et trente bonnes âmes. Pitois y traça un jardin et y planta des rosiers.

Des rosiers de la Malmaison, bien entendu.

Puis, quand les roses furent poussées, il les maria. C'est-à-dire qu'il construisit une ruche entre ses rosiers. Ainsi, avec les roses de la Malmaison, il y eut les Abeilles du Manteau.

Un coup de bise sur ses fleurs, telles étaient maintenant ses batailles. L'humanité, depuis la mort de l'Empereur, n'était plus qu'un songe pour le soldat. Louis XVIII piétinait la Redingote ; sur l'Aigle effacée, la France avait repeint une fleur blanche. Il n'y avait plus de bonheur vrai que chez soi, entre ses abeilles, son cheval et ses roses.

Un jour, le maire vint parler au grognard. C'était dans le jardin. Pitois écoutait, la tête basse, et à mesure que l'autre allait, il devenait pâle.

— Alors, dit-il, c'est bien vrai ; le roi, comme vous dites, veut me voir?

— Vous et les autres. Il veut se faire présenter tous les vieux soldats de l'Empire et examiner les retraites.

— Et il faudra être poli...

— Ah ! bien ! si vous ne l'étiez pas !

Le vieux soldat eut un soupir. C'était un homme têtu qui n'avait marché qu'avec quatre idées pendant vingt ans.

— C'est dur, monsieur le maire, pour un de la Grogne comme moi. Si ce n'était pas Bautzen qui ne veut plus que du fourrage frais...

Le maire lui tendit la main, Pitois garda la sienne. Ils se quittèrent.

Mais dans le jardin, qui donc a parlé? Quelle nouvelle de malheur, soudain, confusionne les roses? Elles ramènent leurs jupes, font des mines ; ce sont des roses plus roses, et même les voici roses de honte.

Et la ruche !

— Parbleu ! monsieur, bourdonnent les abeilles, on ne nous en conte plus, nous vous écoutions...

Le père Pitois était navré.

Jusqu'à la nuit, les abeilles ne le quittèrent plus. Elles l'assaillaient, lui chatouillaient les cheveux, le cou, les doigts, entraient dans ses poches, et une se posa au bout de son nez, comme une menace. Le jour venu, il alla voir Bautzen.

De son cabanon de glycines, le cheval le regardait venir. Pitois lui flatta la crinière, et d'une voix tremblante, qui chuchotait :

— Dis donc, Bautzen...

Tout croûteux de gloire, le cheval voulut hennir. Ses naseaux s'enflèrent, un peu de poussière morte en tomba.

— Nous faut partir à Dijon, dit le soldat, le roi veut nous voir.

Bautzen ouvrit les yeux tout à coup ; 1814 y passa comme une triste image.

— Oui, mon vieux, caressa le grognard, je devine... N'empêche qu'il ne faut pas manquer ce rendez-vous, sous peine de crever de faim. C'est pas de la roupie de sansonnet qu'un monarque. Lève-toi.

Le cheval ne bougea pas.

— Lève-toi ! répéta Pitois, ou je t'appelle *Cobourg*.

Alors le cheval se leva.

Mais il fallait passer dans le jardin... Les abeilles y étaient. Elles défendaient la porte, hérissées, furieuses ; on eût dit qu'elles avaient pris les armes, tandis qu'autour d'elles, peinées, confuses du scandale, les roses rentraient leurs feuilles et baissaient leurs chapeaux vermeils.

— Vous m'embêtez, à la fin ! leur cria le soldat.

Il les chassa avec son bâton, monta sur le cheval. Puis, bien en selle, en blouse fleurie et la croix au cœur, Pitois prit la route de Dijon pour aller voir M. Bourbon.

Lorsqu'il fut sur la grande route :

— Un temps de petit trot, Bautzen !

Le cheval allongea le cou, trembla sur ses quatre pattes et hennit un reproche. C'était le plus à plaindre ; il ne pouvait s'envoler comme les abeilles, ni rougir comme les roses.

— Un temps de galop ! Allons, Bautzen, réveille-toi.

Mais Bautzen ne se réveillait pas. Étourdi sur ses quatre échasses, il regarda la colline, comme s'il devinait que le roi était derrière, clopa des genoux, puis ralentit.

— Tu boites? cria le vieux.

Le cheval, cette fois, n'eut plus la force de hennir. La colline venait, venait. Elle n'était pas bien haute, cette colline, une chèvre l'eût sautée. Mais le cheval n'avait plus de jambes. Enfin, malgré son courage, le chagrin et la honte le butaient. Il trembla et secoua sa queue. Ses huit campagnes l'arrêtèrent.

— Toi aussi ! ragea Piétois.

Continuer la route à pied? Le roi serait passé, peut-être, et la route est longue jusqu'à Dijon.

— Par le flanc droit, alors. Retournons chez nous !

Brusque, il tourna bride, et vit cette merveille : Bautzen qui ne boitait plus et prenait le *trot*. Alors, stupéfait, il se mit à songer à ses abeilles et à ses roses.

— Ces mâtines-là, elles sont comme Bautzen, elles n'en veulent faire qu'à leur guise. Tourne et retourne ! Qu'on biffe ma retraite ! Plus de pain désormais, du miel et des roses, hein Bautzen !

Le cheval prit le *galop*.

— Ah ! dit Pitois, paraît que tu n'aimes pas M'sieu Dix-Huit... T'étais moins gaillard tout à l'heure.

Et il fut obligé de retenir Bautzen, qui partait à fond de train et s'emballait.

Tout était calme chez lui lorsqu'il rentra. Les roses de la Malmaison étaient plus roses, on eût dit un rire sur chaque tige. Les abeilles, à leur tour, s'envolaient vers lui, caressantes. Il les sentait sur ses bras, dans ses cheveux, le long de sa blouse, sur son chapeau, le cheval lui-même en était couvert, — et comme le soleil se couchait, il sembla qu'elles venaient de jeter sur leur maître et sur Bautzen, pour les récompenser d'avoir fait la nique au roi de France, un rouge et merveilleux manteau impérial brodé d'ailes d'or.

Fine-Oreille

Le canonnier Granuche était un petit homme jovial et blond, léger, mince comme une guêpe, toujours sautant et tourbillonnant, qui contrastait avec les beaux hommes massifs et solennels de la Garde.

Mais artilleur exemplaire. Quand la pièce arrivait sur le terrain, il n'y avait pas de canonnier pour lui faire le poil, en vitesse ni en précision. Belle tenue insolente au feu. Jamais un bonjour, comme on en voit faire aux conscrits. La ferraille russe avait beau voler en éclats autour de sa tête, on ne voyait aucun cil frémir sur ses yeux tranquilles, ni remuer sur sa nuque, au vent du boulet, le moindre petit cheveu de sa tignasse rouge cosmétiquée à la graisse de bœuf. L'air d'un pieu en uniforme, avec, dessus, la croix.

Et si ça chauffait, hardi ! le canonnier partait tout à coup. Élégant au combat comme à l'exercice. On le voyait faire un à-gauche en règle, à hauteur du bouton de la culasse ; puis un pas vers la crosse, qui ressemblait à un jeté-battu de quadrille ; puis une belle fente de la jambe gauche, la droite tendue brusquement, comme s'il allait tomber aux genoux de Françoise ; mais au lieu de sa payse, c'était la manivelle — naturellement — de la vis de pointage qu'il saisissait. Ensuite, il bouchait la lumière, finement, avec un doigt de la main gauche, comme il eût écrasé une mouche sur du sucre, et se retirait à son poste dans un voltigement méthodique. Toute cette manœuvre au milieu d'un tintamarrois de boulets russes qui faisaient voler au-dessus de lui des mottes de terre et des branches d'arbres, des colbacks et des shakos en pièces, des brides rompues, des haillons roussis, pêle-mêle avec des morceaux de chair rouge découpés sur les reins des camarades. Mais Granuche, malgré son audace, s'en était toujours tiré sain et sauf.

Cependant, depuis une heure, l'affaire était si chaude qu'elle flambait. Les Russes, au nombre de quatre-vingt mille, venaient d'engager l'action par un grand feu d'artillerie dirigé contre Eylau, tout près d'être enlevé. Mais Napoléon veillait. En plein danger, suivant sa coutume, il avait fait avancer quarante canons de sa Garde pour répondre aux pièces des ennemis et envelopper leur aile gauche. Bennigsen, comptant sur sa formidable artillerie, essaya de manœuvrer par sa droite et d'emporter enfin la ville d'Eylau. Pour tromper ce projet, l'armée française, dans un mouvement orgueilleux, se déploya aussitôt sous le feu des batteries russes.

Un vrai coup de chien. Cent cinquante canons plongeant leur feu sur les têtes, et seulement quarante pour les protéger.

C'est alors que la tempête commença.

Jamais, dans aucune bataille, les canonniers de la Vieille Garde n'avaient entendu un bruit pareil. Le terrain en sautillait. Une bacchanale à faire éclater les tempes et gicler le sang des oreilles. On n'entendait plus les commandements des chefs. Et les chefs y avaient renoncé. Ils faisaient des signes dans le brouillard. Un bras se levait, qui voulait dire : *Pièces, feu !* et sur toute la ligne les pièces braillaient.

Qu'on imagine deux cents canons ameutés les uns contre les autres, rageant, boucanant et bagarrant dans une cacophonie de boulets terribles qui tombaient à plein dans la Garde et s'y écrasaient comme des grelots monstrueux. Et cette foudre de fer s'augmentait du tohu-bohu des voix humaines, des cris déchirants des généraux et des colonels, par-dessus le crépitement des salves, le hennissement des chevaux et le crissement des fusils.

De temps à autre, une interruption de tumulte, un court silence, où rôdaient des souffles, des sons creux, comme si la mort reprenait haleine...

Puis l'assourdissant fracas, aussitôt, reprenait plus aigre, plus ronflant, plus sombre.

Dans cette tempête, dans ce bouillonnement de flamme mêlée de neige, les batteries de la Garde et celles de l'ennemi se canonnaient sans broncher, se foudroyaient sans se voir, entourées d'un turbulement de masses énormes qui multipliaient la confusion.

Granuche, impassible comme la discipline, une main sur sa pièce, faisait la manœuvre à tâtons.

Il avait fait feu quatorze fois, lorsqu'une ombre lui apparut, soudain, entre deux rideaux de fumée.

Elle portait la redingote grise, elle avait une main sur son cœur. Le canonnier la contempla filialement.

Napoléon avait arrêté son cheval. Pensant qu'on l'entendrait quand même, malgré le tapage, il lança un ordre. Il dut le hurler, à pleine, à rude voix, car Granuche vit la bouche s'ouvrir, les lèvres battre et les muscles du cou s'enfler à rompre.

Mais au moment où l'Empereur parlait, les deux cents canons gueulaient ensemble, comme si l'Europe éclatait. Aucun officier pour entendre. Pas de veine. Les chefs galopèrent tout le long de la ligne. L'Empereur n'était plus là. On désespérait, quand le canonnier, simplement, tira de sa poche un morceau de papier et, à la lueur des canons, écrivit l'ordre de l'Empereur. Car, pour le transmettre de vive voix dans ce vacarme, c'était impossible : *« Amenez les prolonges pour le feu de flanc,* écrivit Granuche, *de manière à couvrir la marche de la division Saint-Hilaire. »* Puis il tendit le papier et revint à son rang.

Le lendemain de cette grande et sanglante bataille, le grand-duc de Berg vint parler de Granuche à Napoléon. L'histoire de l'artilleur courait déjà les bivouacs.

— C'est exact, j'ai donné cet ordre, dit l'Empereur en lisant le papier. Où est ce Granuche?

Le canonnier s'avança et Napoléon lui pinça l'oreille.

— Je suspends l'épaulette à cette oreille-là, dit-il, c'est la plus *fine* de l'armée.

* * *

Le lieutenant Marius-Constantin Granuche, deux ans après, se retira dans son pays natal sur trois jambes, c'est-à-dire qu'il venait d'en perdre une à la bataille d'Essling et qu'on avait donné à l'autre une paire de béquilles neuves. Il avait quarante-cinq ans ; il épousa Françoise, sa payse, qui l'avait attendu en filant sa quenouille, et se mit à cultiver des choux et des roses Bengale.

Tous ceux de Pont-Saint-Esprit se rappellent la petite maison du vieux canonnier, gaîment assise au bord du Rhône, et le terrible béquillard au chapeau poilu, avec sa grande lévite sabrée sur le cœur d'un ruban rouge.

Il était devenu très vieux. Il vit mourir l'Empereur, [illegible] puis des Républiques, puis un autre Napoléon qui ne ressemblait pas à l'ancien.

Lorsqu'il eut quatre-vingt-quinze ans, les familles de son village voulurent honorer leur vieux lieutenant « Fine Oreille ». Et on fêta les noces d'or de M. et Mme Granuche.

Quand le [illegible] quitta l'église, donnant le bras à Françoise, si rabougris et si [illegible] tous les deux qu'ils ressemblaient à [illegible] nes se soutenant l'une à l'autre pour ne [illegible] tomber en poussière, le garde champêtre [illegible] sa mèche allumée, fit signe au crieur [illegible]

— Ça y est-il ?

— Pas encore. Tu feras feu seulement quand ils passeront.

Le lieutenant Granuche et sa femme, à petits pas, escortés des gens du hameau, traversèrent lentement la place. Ils s'arrêtaient de minute en minute et ouvraient leurs be[illegible] [illegible] pour prendre un peu d'air, de quoi [illegible]pirer.

Soudain, entre deux tilleuls, un [illegible] canon formidable retentit.

Une politesse à l'ancien canonnier [illegible] l'Empire...

Le coup gronda si près que Mme Gran[illegible] grelotta de tous ses petits membres. [illegible] lieutenant ne bougea pas. [illegible] entendu « parler » l'Empereur dans [illegible] deux cents canons [illegible] ses oreilles. Il crut que Françoise [illegible] éternuer.

— Dieu te bénisse ! lui dit-il [illegible]ment.

Et il l'entraîna vers la maison pour éviter un rhume.

Le capitaine “ Sans-Peur ”

[illegible] de Chantilly [illegible] orpheline, l'accompagnèrent [illegible] Enfin, ils lui dirent : « Si tu [illegible] quelque chose, écris tout [illegible]

[illegible] pas un seul mot [illegible]

Le père Margerand était [illegible] faubourg Saint-Antoine [illegible] à son garçon. Mais [illegible] n'avait guère le temps de [illegible] avait-on [illegible] dans les ateliers [illegible] était encore [illegible]

Au grand train des carcans du 11e chasseurs, elle entraîna Margerand. Dès 1805, le régiment chargeait en Allemagne, à Landsberg, et arrivait devant Austerlitz. Le jeune homme était brigadier. En deux ans, il avait écrit une seule fois, il était devenu fou comme les Aigles. Pendant ce temps, sa promise lisait les bulletins brefs de l'armée : « ... le 11e chasseurs, dans cette grande victoire, a eu dix hommes tués. » L'année suivante, arrivait une lettre de Margerand, rapide, comme s'il l'avait tracée en selle : « Berlin. Je suis maréchal des logis depuis Iéna ; ne vous faites pas de bile ; baisers à Suzon », et l'ébéniste s'en alla promener la lettre de son fils chez les camarades. Les jours passaient. Où était le soldat? Il n'écrivait plus. Expédition en Pologne : le 11e chasseurs galopait de combats en combats. Tout à coup : Eylau. Et la France entière eut un frisson. « Mon Dieu ! s'écria la jeune fille, pourvu... » La lettre arriva, écrite en hâte comme les autres, sur un papier souillé de terre : « J'ai la croix ! Tous mes souvenirs à Suzon. Votre fils dévoué. » « Seigneur, soupira la mère Margerand, rien que trois lignes... Qu'est-ce qui se passe donc qu'il a toujours l'air d'être en camp volant? » Emporté sur les ailes de ses chevaux barbes, le 11e chasseurs se couvrit de gloire à Dantzig, puis à Friedland, et du bout de sa petite pipe, le général Lasalle, désignant un jour Margerand, disait familièrement à l'Empereur : « Sire, voilà un brave ; il sait lire et écrire, ça fera un bon officier. » Margerand resta dans son régiment, ce qui est rare. D'Heilsberg, il écrivit : « Je suis sous-lieutenant, Suzon ira aux bals de la Cour. Je vous embrasse ; à bientôt ! » « Je le verrai donc ! dit la mère Margerand en larmes. — Qu'il doit être joli homme », pensa Suzon. C'était en 1808. Au lieu de rentrer, le 11e chasseurs galopa encore. La guerre d'Autriche était déclarée. Il accourut à Ratisbonne et fit les charges d'Eckmühl. Deux ans avaient fui. Un soir, une lettre tomba au faubourg : « Je suis rétabli... » « C'est donc qu'on nous l'a blessé ! » sanglota la mère Margerand ; et la lettre continuait : « A Wagram, Napoléon m'a tiré par la moustache, il a dit à Pajol : « Voilà un soldat qui n'a jamais eu peur ; je le connais, notez-le. » Vous entendez bien, chers parents, *jamais peur ;* et il m'a nommé capitaine ; je passe dans sa garde ; portez-vous bien. M. » Une initiale ; la lettre n'était pas même finie... Et les deux femmes, pendant un moment, eurent la vision d'un soldat qui courait à travers l'Europe sans s'arrêter un seul jour.

— Jamais il ne reviendra...

En effet, quand le régiment rentra en France, en 1810, un major vint les informer que le capitaine Margerand avait été pris après la bataille de Znaïm.

Ce fut terrible : « Est-ce que les Autrichiens ont soin de leurs prisonniers? » demanda Suzon avec épouvante.

1812 : batailles de la Moskova et de Mojaïsk, le feu, le froid, la faim ; débâcle de la cavalerie française. Aucunes nouvelles.

Soudain, pluie de désastres. Une grande clameur de canons s'éleva de la France : 1813, puis se retourna contre la France de tous les côtés de l'Europe : 1814. Les Margerand, maintenant, étaient presque heureux de savoir leur fils prisonnier, à l'abri.

L'orage cessa brusquement ; la foudre venait de tomber deux fois sur l'Aigle. Alors on parla de la paix.

— Est-ce que les alliés vont nous rendre enfin notre garçon? se disaient les trois malheureux.

— Surtout qu'à présent, ajoutait l'ébéniste, ils n'ont plus rien à craindre de lui.

Car il leur apparaissait comme un héros, ce gamin qui sifflait jadis *la Marseillaise* en faisant rifler sa varlope, cet officier *qui n'avait jamais eu peur.*

— Quand il reviendra...

Ainsi commençaient toutes leurs causeries.

— Quand il reviendra, en costume vert et argent, avec son colback sur l'oreille...

— Il doit être bien changé, depuis treize ans, rêvait Suzon. Souvent, je le vois. Il a une figure fière, des moustaches... des yeux... Je ne me représente pas bien ses yeux. Est-ce que je le reconnaîtrais?

Un soir, en rentrant, elle vit un homme installé à la table des Margerand. Les deux vieux, immobiles, regardaient l'inconnu manger.

— Voilà Suzon ! cria la bonne femme.

L'homme se retourna. Vêtu gauchement

d'habits hors d'usage, il avait plus l'air d'un cueilleur de pommes du Perche que d'un officier de la Garde. Elle le reconnut quand même ; c'était toujours ses bons yeux.

— Ah ! dit-il longuement, tu es devenue bien belle...

Mais comme il allait l'embrasser, il se ravisa et fit demi-tour vers son père :

— Ouvre-moi la porte de l'atelier.

Ses manières nettes, déjà, leur en imposaient. Il n'était resté à table que neuf minutes.

— Entre, dit l'ébéniste.

L'ancien apprenti releva ses manches, mania le compas, la varlope, l'équerre, et puis, tout d'un coup, aïe donc ! au travail !

— Venez voir votre soldat ! cria le vieux Margerand.

Le capitaine, au bout d'un quart d'heure, écarta l'outil.

— L'expérience est faite ; il ne poussera pas de mouron sous ma main. Je reprends le métier.

Il les fit asseoir d'un signe. Le père Margerand, en extase, avait mis ses pieds à l'alignement. L'officier resta debout. Ils le trouvèrent soudain magnifique, sans savoir pourquoi.

— Malgré mes trente et un ans, mes services, mon grade et ma croix, je suis pauvre comme une vieille monnaie ; je n'ai que ma demi-solde de capitaine : soixante-treize francs par mois, plus cent francs par an de la Légion d'honneur, mais avec l'établi, je m'en tirerai. Veux-tu te marier avec moi, Suzon?

— Oh !

— Ça suffit. Maintenant tu peux m'embrasser.

Suzon était bien un peu surprise : elle eût voulu être câlinée. Mais avec le capitaine, tout galopait.

— Du diable, pendant mes campagnes, si j'ai eu le temps d'apprendre à entrer dans les bergeries. La misère m'a carcassé ; mais je vous aime bien tous. A quelle heure vous couchez-vous?

— A dix heures.

— C'est comme moi : lever à six, déjeuner à dix, dîner à six, coucher à dix. A demain.

Et on entendit son pas plier l'escalier.

Grand tapage. Le faubourg voulut voir de près le soldat sacré par le grand homme, l'officier *qui n'avait jamais eu peur.* Mais le capitaine s'était acheté une casquette, et il travaillait.

Suzon aussi. Des piles blanches grandissaient chaque jour dans les armoires et les mouchoirs fins montaient par-dessus les chemises, aïe donc ! à l'assaut ! L'exemple du capitaine...

Les amies de la jeune fille l'interrogeaient curieusement :

— Alors, c'est vrai... il n'a jamais eu peur?

Elle éclatait de rire :

— Dans les guerres, oui... Mais si vous l'aviez vu quand il disait à ma tante : « Le malheur m'a fait mon compte plus d'une fois, maman, et il n'y manquait pas un centime », vous ne l'auriez pas trouvé si effrayant. L'amour ! je vais trop l'aimer !

N'importe. On ne parlait plus que du capitaine Sans-Peur. Et les femmes, sur son passage, avaient la petite mort :

— Elle aura du mal, la demoiselle, avec cet homme-là.

La veille de la noce, Margerand dit à son fils :

— Suzon voudrait voir ton uniforme, ton sabre de Wagram, les reliques...

— Ça suffit.

Ils montèrent.

Accrochée au mur, la glorieuse défroque resplendissait : l'habit vert, le gilet rouge, la culotte à bande d'argent. A côté, sur un guéridon, le colback.

— Voici, dit le capitaine en l'apercevant, le camarade que je préfère. C'était à Ratisbonne, le jour de ma blessure. Un gros boulet me rabote un morceau de tête, mais je n'ai pas été décoiffé ; je peux dire que ce colback n'a jamais « salué » l'ennemi.

— Je voudrais bien le toucher, dit Suzon.

Leur soldat était si grand que les deux Margerand et la jeune fille se cachèrent dans son ombre. Et il fallait voir leur air malicieux !

— Approche, recrue ! dit le capitaine.

— Présent ! répondit la jeune fille.

Margerand se pencha :

— Je vais te coiffer.

Mais à peine avait-il soulevé le colback...
Frrrrt !
... qu'un oiseau jaillit et que le grognard, sautant en arrière, tomba sur ses vieux en les bousculant :
— Hein ! Quoi ! Qu'est-ce que c'est?
Un rire répondit :
— Ma tourterelle !
— Une surprise, dit le vieux Margerand, elle l'avait cachée dans ton colback !
Le capitaine était tout pâle. Ahuri par la gaîté de Suzon qui pouffait maintenant sur ses genoux, d'un œil ingénu d'enfant, il regarda l'oiseau tourner dans la chambre et saisit ensuite sa moustache, celle que Napoléon avait tirée à Eckmühl.
— Bon Dieu ! dit-il, que j'ai eu *peur*...

Le père et la mère Margerand avaient l'habitude, quand il leur venait des amis, de se faire conter les grandes batailles. Maintenant qu'on était en paix, ça leur semblait bon, devant un petit verre, de trembler ensemble pour leur fils, et le capitaine Sans-Peur, on le conçoit, leur obéissait docilement. Il y avait en lui, toujours, quelque chose de neuf, de candide, et il oubliait assez volontiers l'aventure de l'oiseau dans l'équipée du colback :
— Figurez-vous, disait-il, qu'à Ratisbonne un boulet me prend par la tête, là...
— Chéri ! lui criait Suzon de sa cuisine, puisque tu leur parles de Ratisbonne, raconte-leur donc en même temps l'histoire de cet officier qui n'a pas bronché sous un boulet et qui a eu si peur d'une tourterelle !

Et le brave de Wagram, étonné un petit instant, se mettait à rire comme les autres

---

Bric-à-brac d'Empire

Un peu avant 1830, le commerce de M. Faverot prospérait encore. L'ex-grenadier de l'ex-Garde avait installé, dans une étroite boutique du Marais, d'intéressantes collections d'objets militaires. Ce bric-à-brac de la gloire, qui ressemblait au paquetage bousculé d'un soldat géant, présentait aux flâneurs un peu de tout : des shakos, des colbacks, des casques, de grosses gerbes d'épées, de sabres et de lances ; des paquets de fusils, des cuirasses, des fûts de tambours, des plaques de bonnets, des trompettes et des séries de gravures sur l'Empereur et les grandes batailles. Mais, malgré qu'il fût borgne, M. Faverot tenait son magasin dans la tête : il avait l'*œil*.

Il en plaisantait volontiers. On connaît la tactique du collectionneur. Le maniaque a vu un objet en montre, un briquet d'artillerie à col d'aigle, par exemple, et il le désire. Mais il sait qu'il ne faut pas aller d'abord à ce briquet. Aussi, très lentement, il louvoie. Le candidat au briquet entre, salue, se mouche, regarde à droite et à gauche, et finalement s'extasie devant une coiffure : « Oh ! qu'est cela? — Une kurka de lancier de la garde, monsieur. — Est-ce possible ! je les croyais d'une rareté... — En effet, monsieur, cette kurka fut trouvée au fond d'un bourg du Poitou. Elle est peut-être une des dernières. — Et combien? — Soixante francs. — Diable ! »

Sur ce mot, les deux ennemis s'observent. Longue pause.

— Soixante francs ne flânent pas le matin dans la rue. Pour aujourd'hui, mon ami, je m'abstiendrai. Cachez donc cette kurka, elle m'obsède. Vous avez ici de bien plus jolies choses ; voilà un sabre...
— Hussard de 1790.
— Combien?
— Vingt-cinq francs.
— Et ce casque?
— Officier du génie de 1815, quarante francs.
Minute décisive.
Alors M. Faverot précipitait la manœuvre, il faisait entrer subrepticement la réserve:

— Monsieur, avez-vous vu ce briquet d'artillerie à tête et à col d'aigle? Une occasion. Si personne ne le prend aujourd'hui, je l'envoie demain en Angleterre. Entre nous, j'aimerais mieux le savoir chez un bon Français. Dernier prix : quatre napoléons.

— Oh ! oh !

— Main à main, recta !

— Enfin...

— Je ne suis pas un « floueur », disait le père Faverot en mettant l'argent dans sa caisse ; informez-vous chez messieurs les peintres d'histoire, ce briquet vaut un beau papier de cent francs. Mais j'aime les affaires rapides.

Le soir, en dînant chez son ami Chanut, ex-dragon de l'ex-Garde, il « babillait » le client :

— Figure-toi que le bougre valsait autour du briquet depuis un quart d'heure ; mais on n'empile pas M. Faverot, j'ai l'œil !

— Et le bon ! Constant, l'œil du borgne ! Kr ! kr ! redonne-moi du veau.

— Justement ! Et c'est là mon avantage, parce que si l'acheteur ne voit qu'un œil au marchand, le père Faverot, lui, rien qu'avec le sien, voit les deux du client, et il sait tout de suite ce qu'ils veulent.

— C'est juste, grognait Chanut. Si jamais un chafoin de civil roucoule devant moi que l'ex-Garde n'est bonne qu'à sabrer, je te l'expédie pour que tu lui apprennes le commerce. Kr ! fameux veau ! Et maintenant que j'ai dix nez, passe-moi une prise.

La clique de la Grogne.

Le marchand de bric-à-brac et Chanut et avec eux une kyrielle d'anciens camarades ayant servi l'Empereur, faisaient alors partie de la Garde nationale. Ils s'appelaient en riant « la clique de la Grogne ».

Dans le quartier de M. Faverot, on connaissait la « clique ». C'étaient des vieux à l'air grave, au nez piqué, très propres de leur personne, quoique misérables, et n'ayant pour toute fortune que leur croix. Il en venait plus de dix par semaine chez M. Faverot. On devinait ce qu'ils y venaient faire. Ils entraient soucieux, mais on les voyait sortir en s'essuyant les moustaches et en comptant leur monnaie.

Le père Faverot était généreux ; il se dépouillait pour les camarades, les poilus de la « clique » persécutés par les nobles, et souvent, une fois sa caisse faite, il ne lui restait pour seul gain que son insatiable gaieté. Il lui en fallait pour plus de cinq sous, car les temps étaient au malheur.

— Depuis 1814, disait Chanut, la mistoufle nous gouverne. Et pourtant, Constant, est-ce qu'il y a un corps qu'ait rendu plus de services que la Garde nationale?

— En 1814, répondait M. Faverot, quand l'ennemi est entré dans la capitale, la Garde nationale s'interposa entre lui et le peuple.

— Et son ordre, sa discipline, Kr ! zèle, dévouement, Kr ! kr ! Tiens, Constant, ne parlons plus de ça ! Un écarté. Je suis enrhumé aujourd'hui, j'aurai l'atout. A toi de faire !

Ils jouaient.

— Et pourtant, disait M. Faverot en poussant les cartes, il y a dans les rangs de la Garde nationale des hommes de tous les partis.

— A qui le dis-tu, Constant? Le roi ! la dame ! Kr ! Mais les opinions se taisent devant les sentiments de l'honneur. Passe cœur ! Vive l'Empereur ! Kr ! kr ! N'en parlons plus. Et aujourd'hui, tes affaires?

M. Faverot posait ses coudes :

— Chipette.

— A cause de la « clique »?

— Oui.

— Trop bon ! Tu donnes trop d'un coup aux camarades. Fais comme moi. Moi je gagne même en buvant. Par exemple : Un litre à la barrière c'est six sous, au lieu de quinze qu'on le paie à Paris. Je vais donc boire à la barrière, Kr ! Lundi dernier, pas plus tard, j'ai gagné comme ça trois francs quinze centimes.

— Oui, grogna M. Faverot, mais tu as bu sept litres, espèce d'empaffé !

Il haussa l'épaule :

— Au fond, ce que tu dis, c'est juste. Je devrais moins donner à quelques-uns pour aider les autres avec le surplus. La Liberté, bientôt, aura besoin de l'ex-Garde.

Cette année-là, au Champ de Mars, le roi passa la revue de la Garde nationale. Quelques hommes crièrent : « A bas les ministres ! » mais les cris devinrent formidables devant l'hôtel des Finances. Effrayé, Villèle se jeta dans une voiture et accourut aux Tuileries ; il voulait un coup d'État : « Les quarante mille hommes de la Garde nationale m'ont insulté, dit-il ; cette institution mourra ! » La main de Charles X tremblait, cependant elle signa, et le lendemain, Paris, réveillé par une ordonnance, n'avait plus de garde nationale. Stupeur. A la cour, on s'embrassait : « Voilà comme on gouverne ! » Les sages murmuraient : « Voilà comment on perd les monarchies. » Un grand nombre de gardes nationaux pendirent leurs uniformes aux fenêtres, avec ce simple placard, deux phrases : *Habit à vendre ! Fusil à garder !* Solidaire de Paris, toute la nation gronda, le mufle haut, frémissante...

— Ça va mal, dit le père Chanut ; Kr ! kr ! un autre 89 se prépare.

Alors il fallait voir les vieux de l'ex-Garde.

— Nom de nom ! nous voilà dans la boîte au sel. Eh bien, disaient-ils, puisque nous n'avons plus d'Empereur à défendre, vite qu'on se batte pour la liberté !

Il vint, ce jour de bataille. Six mois après, lorsque les noms des députés libéraux sortirent de l'urne électorale, Paris illuminait. La police voulut éteindre. Mais le peuple se mit à entasser des pavés, lourds comme ses rancunes, et se groupa derrière, le fusil au poing. Barricades partout. La ligne et la gendarmerie firent irruption dans les rues. C'est à Saint-Denis qu'eut lieu le premier combat.

Le père Faverot et ses camarades étaient en avant, cent cinquante insurgés, tous de la Grogne. Quand la ligne arriva, ils grondèrent : « De quoi ! tirer cachés ! C'est bon pour les civils. » Et sur un geste de M. Faverot, ils montèrent sur la barricade, pour se faire voir.

Surgis d'un peuple en blouses, ces antiques soldats portaient sur eux tout le bric-à-brac de M. Faverot, les uniformes de l'ex-armée celle de Wagram et de Montmirail. Ils s'étaient habillés un peu au hasard. Dans cette foule, il y avait des shakos sur des dragons, des bonnets à poils sur des cuirassiers, des casques sur des houzards.

Mais tous avaient leur fusil.

On se regarda...

— Chargez vos armes, dit une voix derrière les pavés.

M. Faverot, tranquille, leva la main :

— Pour la liberté, joue...

Les cent cinquante grognards, serrés et heureux, appuyèrent les crosses dans la broussaille de leurs moustaches.

La ligne, à son tour, les mit en joue.

— Feu !

— Feu !

Les décharges se croisèrent. Il en tomba un tas du côté de la ligne, mais du côté de l'ex-Garde la chute fut plus sombre. Cent contre un ! Chanut dégringola, et bien d'autres. Feu ! une deuxième décharge ! Feu ! Feu ! une troisième, puis une quatrième. Alors la ligne s'avança. La poignée de vieux aussi. Bien rangés, ils descendirent la barricade ; ces grognards n'avaient jamais tourné le dos qu'à des seringues. Comme ils voyaient tout perdu, ils braillèrent leur ancien cri : « Vive l'Empereur ! » Pour eux, l'Empereur et la liberté ne faisaient qu'un. L'exécution fut facile ; la ligne les tira comme des loups, au visé : rrran ; en pleine face. Ils tombèrent un par un, dignement, comme des évêques s'asseoient. Bientôt il n'en resta plus. Assommé sous un fort coup de crosse, M. Faverot s'écroula, saisi par des femmes qui l'entraînèrent dans une cave. La rue était prise.

Quand il se réveilla, trois jours après, dans un lit inconnu, M. Faverot vit son camarade qui mangeait à l'écart un morceau de bœuf.

— Où est-ce que nous sommes? C'est toi, Chanut?

— Présent, Constant.

— Et la liberté? la barricade? les amis? Qu'est-ce que tu fais là?

Le petit père Chanut avait une balle dans le genou.

— Je boite et mange bien, dit-il. A ta santé !

Une fois debout, M. Faverot désira visiter son ancien logis. Tout était pillé : plus de meubles ; la police avait emporté jusqu'à ses brevets. Désastre...

Le vieillard entra dans la boutique. Après en avoir fait le tour, il n'y découvrit qu'une statuette de l'Empereur ébréchée, il l'emporta dans sa poche pour la donner à Chanut.

— Puisque tu aimes les beaux-arts, lui dit-il, voilà une faïence, c'est tout ce qui me reste.

— Kr ! il lui manque un bras, à ta faïence.

— Sans doute un biscaïen...

Chanut blaguait toujours.

— Allons, dit-il en regardant les murs dépouillés, nous aurons au moins un Bonaparte manchot !

Les plaisanteries éclairent, mais ne font pas de feu. Ce « bon appartement chaud » n'avait pas de foyer.

Comment vivre? Pendant longtemps, les deux camarades mangèrent les rogatons qu'ils ramassaient dans les rues. Puis vinrent les jours froids. Comme ils n'avaient pas de cheminée, M. Faverot se remit au lit. C'était en décembre.

— On ne voit pas votre ancien, disaient à Chanut les gens du quartier. Qu'est-ce qu'il a donc?

Et Chanut répondait sèchement :

— Il a l'hiver.

La vie des vieux, à cet âge, n'est plus qu'un tison qui tremble ; il s'éteignit, un soir, dans le cœur de M. Faverot.

— Je m'en vais, dit-il à voix basse. Chanut, embrasse-moi.

Le petit père Chanut versa une larme. Elle était rare, étant sans doute la première.

— Toi qui es malin, murmura M. Faverot en remuant son œil unique, dis-moi... dis-moi donc... comment... comment tout à l'heure... tu pourras me fermer *les yeux ?*

Il essaya de rire, mais la mort lui prit le rire sur la bouche ; il expira.

Entre Confrères

Marcadieu, ancien soldat, s'était installé maréchal ferrant dans son pays. Sur sa devanture on voyait des rosaces de clous et des trophées de fers. Et au-dessus : *Marcadieu, forge en deux chaudes.*

C'était un homme court, mais le meilleur sucre est dans les petits sacs. Il avait des yeux bleus d'enfant, un grand nez violet et des rides pleines de poussière de charbon. Son bras droit était tatoué : une enclume, cinq clous en rond et un taille-corne. Quand il travaillait un fer, toutes ces images bleues se mettaient à danser sur son gros biceps.

Aux mauvaises pratiques, il avait coutume de répondre :

— Vous avez tort de lésiner. Qui donc se passerait de Marcadieu, qui est à la fois le maréchal ferrant, le taillandier, le cloutier, le forgeron et un peu aussi le vétérinaire? Malheureux ! Vous pouvez les mettre devant moi, les autres corps de métier : le tailleur avec son aune, le boulanger avec son pelleron, le cordonnier avec son alène, le boucher avec son couperet et le maçon avec sa pierre d'angle, je me fiche d'eux à moi tout seul et je gagnerais le prix avec mon simple marteau. Si je voulais me croiser les bras, rien n'irait plus !

Il faisait bon le voir au chef-lieu, le jour de la Saint-Eloi des maréchaux, avec son habit en hirondelle, sa croix de la Légion d'honneur, sa culotte courte, son chapeau monté, sa canne de maître en ébène et ses boucles d'oreille d'or en fer à cheval. Ce jour-là, c'était bien le diable si on ne baptisait pas le tablier de cuir d'un nouveau et jeune compagnon.

Il en imposait. C'est lui, au début de la cérémonie, qui buvait toujours le premier : « A la santé des braves ! » Puis, d'un air sérieux, il passait devant le maréchal nommé compagnon, retournait son verre encore humide et l'appliquait fortement sur son tablier. Le vin y dessinait un rond. Alors, il essayait une plume d'oie, la faisait gratter sur son pouce, l'imbibait d'encre et signait *Joseph Marcadieu* dans un long parafe compliqué. Les autres venaient ensuite ; ils l'imitaient, mais aucun n'avait ses façons. Ce vieux-là, c'était le grand seigneur de l'Enclume.

Il avait houzardé sous la Révolution, et il lui restait de cette époque le goût des mythologies. Volontiers, en ferrant un cheval, il fraternisait avec les dieux.

— Les premiers forgerons venaient du ciel, disait-il en dardant ses tenailles. Malheureux ! Ce n'étaient pas des chétifs !

Comme on fait tomber les vers d'une salade, il arrachait les vieux clous, finement.

— C'est même Vulcain qui a inventé l'art de travailler les métaux. Il y a aussi les Cyclopes, les dieux borgnes ; ceux-là ont forgé la foudre. Malheureux ! Leurs coups de massue faisaient trembler l'Italie. A ce propos...

On devinait une histoire.

— Savez-vous ce que c'est que l'Italie? Il y avait des paysans qui ne la connaissaient que de nom.

— Une belle contrée, la forme d'une botte. En haut, dans le nord, du vin, fameux vin. Plus bas, la Toscane, Florence, patrie des brunettes. Toujours plus bas, au mollet, le Saint-Père. A la cheville, Naples. Près de l'éperon, le Vésuve, une montagne qui fume comme ma pipe. Dans ce pays, malheureux ! on en a tricoté de ces étapes : Montenotte, Ceva, Lodi. Et le fricot ! Du macaroni de fer tous les jours ! C'est à la bataille de La Favorite que j'ai gagné un sabre d'honneur en sauvant la vie de mon général. Marcadieu posait son marteau.

— Nous étions sur l'Adige. Je le vois s'empêtrer dans un bataillon d'Autrichiens. Je crève les rangs, je m'élance : « Demi-tour, que je lui dis, vous faites le soldat, c'est pas Marcadieu qui fera le général ! » Paf, un biscaïen. Ma chique tombe. Mais les camarades nous déblaient, et Augereau vient me voir à l'ambulance : « Tu m'as sauvé, brigadier, merci ; voilà un sabre d'honneur que la nation te décerne. » Je l'ai toujours. Si vous voulez le voir, mes enfants, montez avec moi, j'ai là-haut un vin vieux qui n'a pas besoin d'enseigne.

On le suivait. Alors le père Marcadieu sortait de l'armoire une longue boîte en robe de cuir rouge. Et, délicatement, il l'ouvrait :

— Regardez bien. Voyez ce pommeau, cette lame. Lisez ce qu'il y a d'écrit : *La République française au hussard Marcadieu ;* et, de l'autre côté : *Valeur et Courage.* C'est le bâton de ma vieillesse que ce sabre-là, c'est mes amours, il me vient de la France, de ma blessure et d'Augereau.

Les paysans admiraient :

— Votre général a monté en grade, depuis.

— Je le sais bougre bien ! Il est duc. Ah ! si je pouvais le revoir...

— Il y a longtemps que vous avez quitté l'uniforme ?

— En 1806, 9e houzards. Nous sommes en 1813 et j'ai plus de soixante-neuf ans ; comptez, j'en avais soixante-deux alors. C'est après Iéna que j'ai pris mon dernier congé. On ne peut pas toujours être à cheval.

Et le père Marcadieu, en soupirant, remettait le sabre dans l'armoire.

Le sabre d'honneur.

Cette année-là, 1813, l'Europe ressemblait à une grande masure où des bises de mitraille entraient en sifflant de tous les côtés. Dans ce tapage, l'Empereur et ses maréchaux tenaient bon ; mais déjà, là-haut, les cloches du destin annonçaient la chute de l'Empire. Marcadieu les entendit. Tous les jours on le voyait aux nouvelles. Il apprit ainsi les batailles de Kulm, de Hanau, la garnison de Dantzig prisonnière. Oh ! alors...

Il se fit remplacer. Un autre compagnon chanta dans la forge.

Il n'osait plus lire. Si on lui portait les nouvelles : la capitulation de Paris, les alliés dans les rues, il restait tout raide dans son coin. Sa tête et ses bras n'avaient plus de courage ; mais, à chaque mot, ses petits yeux bleus s'ouvraient et se fermaient, comme deux greniers de pleurs, et il passait dessus sa main noire.

Un jour...

Vers la fin d'un jour, plutôt, qu'il se soleillait aux flammes de sa forge, une troupe de cavaliers fit halte dans la rue.

A leurs bicornes plantés de travers et à leurs manteaux, on aurait dit cinq soldats.

— Brave homme, dit le plus grand, mon cheval vient de perdre un fer : remplacez-le, et en même temps visitez les autres. Nous allons mener ces cinq chevaux dans votre écurie. Voici le mien.

Il descendit, entra.

Mais comme il offrait les rênes, une brindille de la forge éclaira ses yeux... Nom de nom ! Ce fut subit. Le maître-maréchal reçut le coup en plein cœur et se renversa en arrière, tout désossé comme un sac. Un mur le soutint.

— Augereau !

L'étranger tressaillit. Mais après un effort, lentement, toute sa figure se glaça.

— Je loge à l'Épi-de-Blé, dit-il ; nous repartirons demain à quatre heures.

Il fit demi-tour, l'index au bicorne :

— Salut.

Il n'y avait pas de doute, c'était lui, le duc de Castiglione, Augereau ! Marcadieu le connaissait bien. C'était sa dégaine d'ancien danseur, c'était son grand nez d'oiseau et ses yeux terribles qui s'enfonçaient dans les vôtres comme deux lames pointues.

— Il n'a pas bronché quand j'ai dit son nom ; pourquoi?

Alors, en songeant, Marcadieu sentit que son cœur se couchait, comme pour mourir.

— Cet homme que j'ai tant aimé, si c'était un traître...

Le poids tomba : depuis trop de jours ce mot l'écrasait.

— Oui, pensa-t-il, c'est un traître. Il n'a rien fait pour défendre Lyon. Son armée, s'il avait voulu, pouvait battre le corps autrichien et tomber sur le dos des alliés, devers Paris. Au lieu de ça...

Son geste fit cabrer le cheval qui mit deux pieds sur l'enclume. Ce bruit fut sinistre.

— Ah ! oui ! ton fer ! Tu veux galoper plus vite à la trahison ! comme ton maître. Eh bien ! je vais te ferrer, moi !

Le père Marcadieu ferma la porte au verrou et attisa le foyer. L'écurie était derrière, il y emmena le cheval. Puis il monta.

Quand il descendit, blême, son sabre d'honneur entre les mains, couché dans sa boîte comme un petit enfant, la Mort seulement eût pu le reconnaître.

Il posa la lame sur l'enclume. Des mots brillaient : *la République française au hussard Marcadieu.* Il revit dans cette phrase toute l'Italie, les grands combats, sa jeunesse. Son chef...

— Allons, dit-il en soulevant le sabre, quittons-nous.

Il l'enfouit dans le charbon.

— Adieu !

Et le travail funèbre commença.

Étoiles, regardez ! Le grognard est pendu au soufflet, on dirait qu'il sonne le tocsin. Un soupir immense, une plainte, le vent rauque de la forge emplit toute la maison de rumeurs. C'est le chant des funérailles du Sabre.

Il le faut. Après la détrempe, il sait, le maréchal, que l'arme deviendra souple à la forge. Il enfonce la lame en plein feu, la retourne, et l'infatigable soufflet, sous son bras, vente de plus en plus fort.

Il est effrayant. Les lueurs du charbon l'empourprent. Ses prunelles scintillent comme du verre, et on ne sait, en le voyant ruisseler, si c'est qu'il sue ou qu'il pleure.

Voici enfin la lame prête. Pincée par des tenailles, il la brandit. Une masse est là. Essoufflé, il enlève le lourd marteau, pan ! et l'acier rougi, tel qu'un ver, se recourbe en deux sur l'enclume.

Pan ! pan ! il frappe, il cogne plus fort, pan ! pan ! pan ! Sur un tronçon de lame des mots flamboient : RÉPUBLIQUE... HUSSARD... PATRIE... Le marteau les frappe et les mêle, pan ! car il faut que ces mots-là s'effacent.

Voilà qu'ils s'en vont, les mots sacrés. Le bloc, bientôt, apparaît, saisi dans toutes ses parties. Le Sabre est mort. Et le père Marcadieu, un coude sur sa masse, sanglote un instant.

Il lui semble qu'il vient d'enterrer son cœur.

A présent, il lui faut façonner dans le bloc un fer pour le cheval. Il est calme. Il n'aura plus le Sabre sous les yeux, il ne verra plus son supplice. Et il jette dans le feu le morceau d'acier.

Sa figure s'est rallumée. Ce n'est plus le soldat, maintenant, c'est le maréchal qui travaille, le maître, celui qui « forge en deux chaudes ». Plein d'ardeur, il attire le bloc ; le marteau surgit, l'enclume chante : ping ! Il coude l'acier, ping ! ping ! et les facettes s'aiguisent, les fins amincis montrent leurs feuillures, ping ! ping ! ping ! le métal prend forme et s'ajoure de trous à clous.

Le fer à cheval est prêt.

Alors le vieillard écouta...

Minuit.

Doucement, il traversa la rue et alla chercher le compagnon.

Devant ce nouveau fer, l'aide maréchal s'étonna. Mais le bonhomme ne riait jamais, l'ouvrier se tut.

A trois heures, la troupe arriva. Le plus haut était en avant.

— Voilà votre cheval.

Cette fois, ce fut l'homme qui dévisagea Marcadieu, ce fut Marcadieu qui baissa la tête.

— Vous avez une fameuse monture, dit-il. Ferré comme elle l'est maintenant, elle pourrait traverser toute une armée autrichienne et aller d'une seule traite de Lyon à Paris.

— C'est bon, répondit l'homme froidement, qu'est-ce que je vous dois, maréchal?

Mais le père Marcadieu ne souffrait plus, et dans ces moments-là il savait répondre.

— Rien, maréchal, je ne fais jamais payer les *confrères*.

Pour la Dot

Quand le vieux Chaumeton, à peine guéri de ses blessures, rentra dans son pays natal, tout le monde était sur la route.

Il descendit de la diligence, appuyé au bras du postillon qui portait ses deux béquilles. Son œil gauche était vide et tout rouge, et il avait une grande balafre qui partait de dessous son habit et remontait vers l'autre côté de la figure. Il n'avait d'entier que le cœur.

— C'est-il possible ! marmottaient les vieilles femmes qui l'avaient connu autrefois. Faut rien dire encore, vous savez, c'est peut-être pas Chaumeton !

— Il vient des guerres d'Espagne, dit le maréchal ferrant, et il faisait plus chaud par là que dans ma forge. Malgré quinze ans d'absence, je le reconnais bien, moi.

Les deux hommes se serrèrent la main ; mais on doutait encore. Tout à coup, la sœur du soldat sortit de derrière les gens et vint l'embrasser. C'était donc lui. Alors tous ceux qui étaient là tirèrent leur chapeau.

Entre sa sœur et son ami, le sergent s'en allait à la maison en trinqueballant sur ses béquilles : *Saint-Jean-d'Acre*, celle de gauche, et *Friedland*, celle de droite.

Malgré sa tête de désastre, il cocardait tout de même. Son œil unique faisait feu à chaque regard. Son galon de sergent brillait comme un éclair ; sa croix, comme une étoile.

— Ah ! mon pauvre Chaumeton, disait sa sœur, tu vas trouver du changement. Depuis que mon mari est mort, la maison ne va plus ; je me suis mise laveuse et Marie va vendre du feuillard pour les cerceaux.

— Terrible ! disait Chaumeton en marchant son petit bonhomme de « trois et un », terrible comme la serviette d'un avocat ! Terrible ! Quel âge ça vous a, ma nièce?

— Dix-huit ans.

— Terrible ! Enfin on verra. J'ai deux cents francs de pension. On vivra tous les trois là-dessus, et si je peux travailler, je travaillerai. Mais c'est terrible tout de même, terrible !

On était dans la cour.

Une grosse fille se jeta de travers dans les bras de son oncle en le bousculant.

— Terrible ! répétait machinalement le vieux soldat en lui rendant ses baisers ; nous marierons, cette enfant-là, nous la marierons !

— N'y a beaucoup de gens bien qui me l'ont demandée, dit sa mère, mais voilà, elle n'a pas un sou.

— Terrible ! grommela Chaumeton en faisant pirouetter de droite à gauche l'œil qui lui restait ; j'ai beau regarder, je ne vois pas la pompe.

— Ici, derrière les sureaux.

— C'est bien, un instant.

Il fit tomber son baluchon, posa *Friedland* contre *Saint-Jean-d'Acre* et emplit un gros baquet d'eau. Sa sœur admira sa vivacité.

— Terrible ! chantait-il en se déshabillant, ter-er-rrrrible !

Le grenadier ôta son habit, ses trois gilets,

son tricot. (Il avait trois gilets, mais pas de chemise.)

— Un beau temps pour le gardon, dit-il.

Et il s'enfonça tout d'un coup dans le baquet jusqu'aux épaules.

— Dieu ! dit la bonne femme tristement, qu'il est maigre ! On dirait un loup en hiver.

Chaumeton avait entendu ; il se retourna.

Un cri.

La paysanne avait reculé...

Miracle ! Un drapeau couvrait la poitrine de son frère, un drapeau creusé en bleu dans sa chair. L'image était carrée. Aux deux angles d'en haut il y avait deux couronnes, aux deux angles d'en bas deux aigles. Au milieu d'une bordure de feuilles on lisait ces mots, en pointillé : *L'Empereur Napoléon au 32e régiment d'infanterie.* Chaumeton, l'air sérieux, bombait sa poitrine pour grandir les lettres.

— C'est tatoué, dit-il. Comme ça, je continuerai dans le civil à porter mon drapeau.

Il avait raison de dire : mon drapeau. De 1805 à 1808, Chaumeton avait été le deuxième porte-aigle du 32e, avec rang de sergent. S'il n'était pas sorti de l'armée comme premier porte-aigle, c'est qu'il n'avait pu apprendre à lire. Un mal au pouce...

N'importe ! il avait assez de batailles à raconter. Et le voilà, le lendemain, sur la place du village, avec son chapeau quart-de-castor et sa culotte à grand pont, entre *Saint-Jean-d'Acre* et *Friedland*.

— Écoutez, disait-il aux gens, je vais vous dire ma façon de penser.

Au bout d'un mois, chacun connaissait le 32e comme sa poche, les campagnes de Suisse, d'Italie, d'Égypte, de Syrie, de Prusse, de Pologne, d'Espagne, les combats du régiment depuis 93, la cadence du pas, le feu en avant et en arrière, le déploiement des colonnes, l'action des tirailleurs en grandes bandes : « Il faut du secours à droite ! Terrible ! Soutenons la gauche ! » et pourquoi aussi la garde du drapeau restait au port d'armes pendant les feux, le premier rang à hauteur du troisième rang du bataillon. En parlant de toutes ces choses, les béquilles du porte-aigle s'agitaient en l'air comme des sabres, et le petit œil droit faisait plus de dix tours par seconde.

— C'est un brave de l'Empereur, disait le village.

Et si M. Chaumeton s'arrêtait pour bourrer sa pipe, c'était, parmi les paysans, à qui aurait la gloire de tenir *Friedland* ou *Saint-Jean-d'Acre.*

Mais personne ne faisait la cour à Marie.

Elle n'était pourtant pas plus laide qu'une autre, toujours bien vêtue, fraîche, avec deux grosses pommes de chaque côté du nez et des dents qui cassaient deux noix d'un seul coup. Seulement, diantre ! c'était la dot...

— Terrible ! disait Chaumeton. Comment faire ? Terrible ! Terrible !

Il n'avait pas perdu sa bonne humeur. Depuis deux ans qu'il était revenu d'Espagne, l'ex-porte-aigle allait chaque jour fumer sa pipe chez le maréchal, ancien carabinier de la Garde, et en passant par les rues, vieille habitude, il bouchonnait un peu les servantes.

— Ça va bien, déesse ?

— Oh ! monsieur Chaumeton, qu'est-ce que vous me dites-là ?

Il avait dans ses basques une boîte de pastilles et quelques poignées de grains de blé qu'il semait à droite et à gauche. C'était, avec le tabac, sa grande dépense. Les gamins lui faisaient bruyamment escorte et des pigeons audacieux venaient battre de l'aile tantôt sur *Saint-Jean-d'Acre* et tantôt sur *Friedland*. Ils lui rappelaient, en petit, les régiments et les aigles.

— Si tu veux en voir, et des vrais, lui dit un matin le maréchal ferrant, viens le 15 août au chef-lieu. C'est la fête ; la division doit manœuvrer.

— Entendu, dit le sergent. Et puis, après tout, qui sait si je ne trouverai pas par là un mari.

— Tu as raison ; ça grouille dans les villes, les futurs.

— Terrible ! répondit M. Chaumeton.

Ils passèrent la journée du 15 août avec trois amis de la division qui allaient rejoindre le 32e en Castille. Après le déjeuner, la table zigzaguait déjà entre zingue et tringue. Tous paf !

— Glorieux amis, bafouilla le maréchal ferrant, puisque nous sommes de la carrière, puisque nous en sommes... eh bien ! écoutez une chose. Mais, ajouta-t-il, avant de continuer...

Il tendit son verre :

— S'il te plaît, conscrit, un peu d'eau bénite de cave.

Un caporal versa.

— C'est comme ça, dit le maréchal après avoir bu, que je vide mes rentes.

— Rente en plan, tirelire en plan, murmura Chaumeton.

Le drapeau vivant.

— Bien. Une chose... Que le plus ancien de vous tous demande au sergent Chaumeton de se déshabiller. N'est-ce pas, tendre et valeureux Chaumeton, que tu nous feras voir tes insignes ? Tremblez ! cria-t-il aux autres, vous n'avez rien vu de pareil en chair humaine?

Chaumeton s'était déjà dégrafé.

Par la porte du fond, quelques têtes curieuses s'avançaient. L'ex-porte-aigle avait le torse nu.

— Au drapeau ! commanda le maréchal ferrant.

Ahuris, les trois soldats s'étaient levés, naturellement raides.

— Mon ami, dit quelqu'un au fond du café, j'achète votre tatouage.

— Hein?

— Oui, votre drapeau.

Les cinq hommes crurent qu'on se moquait d'eux. Chaumeton saisit sa chemise, qu'il lança au loin comme une boule, et le maréchal ferrant, sabre au poing, essaya un moulinet.

— On se fout du 32e !

— Qui est-ce qui vient d'insulter la Garde?

— C'est un Anglais.

— Ah ! c'est un Anglais? hurla l'ex-porte-aigle, qu'il se montre, alors ! C'est parce qu'ils n'ont jamais pu prendre un drapeau sur les champs de bataille que celui-là veut brocanter le mien ! On ne vend pas ça comme une crêpe !

Son sang furieux courait dans les lignes pourpres du tatouage.

— Où que t'es, l'amateur? Fais voir ta hure, qu'on te la coupe en quatre! Sale goddam !

A travers les chaises renversées, les cinq hommes bondissaient de rage, ils n'étaient plus ivres. Le patron fit fermer les portes.

Mais l'étranger avait disparu.

Cet événement affecta M. Chaumeton. Appuyé sur *Saint-Jean-d'Acre* et *Friedland*, on le voyait marcher d'un pas douloureux, taciturne, roulant dans sa vieille caboche des idées qu'il n'osait pas dire.

Le maréchal ferrant s'en aperçut.

— C'est rapport à l'Anglais, avoua Chaumeton. Terrible, quand on y pense, terrible ! Si nous ne l'avions pas effrayé.

— Qu'est-ce que tu dis?

— Je dis... je dis... Qu'est-ce qu'il demandait, cet homme? Une chose juste. Quand on veut un tableau, on propose un prix. Il allait parler, on lui a coupé la chique rasibus. Veux-tu que je te dise, nous étions tous empaffés ! Terrible !

— Avec une anisette,n'est-ce pas ! Alors, tu l'aurais vendu, ton drapeau, tu l'aurais vendu?

— Le drapeau... Quoi, le drapeau? D'abord, mon drapeau est dans la Navarre, 1er bataillon, cap'taine Gémiré. Celui que j'ai là, c'est un faux drapeau ; c'est de la peau.

— Raison de plus. Et puis, enfin, pense donc ; s'ouvrir la poitrine pour un Anglais !

— Pourquoi pas ! Je n'en suis pas à une blessure près, moi, mouâ, et si tu voulais me les gratter, il te faudrait toujours plus de dix doigts !

— Toi, mon vieux, je te devine, murmura le maréchal en voyant s'éloigner Chaumeton tu voudrais bien marier ta nièce.

L'ex-porte-aigle n'avait rien dit à personne. Mais le maréchal avait son secret, il ne le cacha plus.

— Puisque tu t'en vas au chef-lieu acheter du fer, disait de temps à autre M. Chaumeton, ouvre l'œil, et si tu aperçois cet honnête homme...

— Qui?

— Tu sais bien

— Non.

Chaumeton, impatienté, secouait ses béquilles :

— Tête de buis ! le milord !

Mais jamais l'Anglais ne reparut.

Lentes, les années passaient. A force de cogner le caillou, les béquilles de M. Chaumeton s'étaient usées, et il s'était raccourci avec elles.

Il allait maintenant sur la place pour voir arriver la diligence, et pendant qu'on dételait les chevaux, il demandait aux voyageurs :

— Est-ce que vous n'auriez pas rencontré, par hasard, en vous promenant dans la ville, un monsieur comme ça et comme ça, la voix forte, l'accent étranger?

Un geste vague. Personne n'avait entendu, ni vu. Et le vieux soldat s'éloignait, une tristesse dans son petit œil rouge.

— Terrible !

Marie avait maintenant vingt-huit ans.

Voici l'heure de la garde descendante. L'ex-porte-aigle alla sur ses béquilles jusqu'en 1827.

— L'Angleterre et la France combattent ensemble à Navarin, peut-être que je reverrai mon Anglais...

Déception. L'Anglais était invisible. Alors, M. Chaumeton ne sortit plus que le dimanche. Sourd, presque aveugle, on l'apercevait des heures entières au bord du canal, appuyé au parapet, une fesse calée par *Saint-Jean-d'Acre*, décochant sur les bateaux de petits crachats désolés ; une ribote de tailleur, comme on dit.

— L'Anglais... l'Anglais...

Il se mit au lit pour ne plus le quitter. Depuis longtemps, les deux femmes le nourrissaient comme une poule malade. Il était si faible qu'on ne lui donnait plus que des petits morceaux de viande douce et des miettes de pain écrasées dans du lait.

— Je l'entends... murmurait-il. Faites-le entrer... Milord, je suis prêt.

Un matin qu'il allait plus mal, les deux femmes allèrent à la messe prier pour leur soldat. Elles venaient d'apprendre l'histoire de l'Anglais.

— Oui, leur dit le maréchal, il voulait lui vendre son tatouage pour faire une dot à Marie. Vous pensez, il en serait mort. Mais il l'aurait fait, le bougre, je le connais !

M. Chaumeton agonisait quand elles rentrèrent ; il avait une main sur sa poitrine, sur son drapeau.

— On dirait que ça va mieux, dit sa sœur.

Les deux femmes serraient les dents pour ne pas pleurer.

— Tiens, Chaumeton, dit la paysanne, il y a M. le curé qui voudrait te dire un mot. Il est là.

Le père Chaumeton comprit que c'était la mort qui venait le voir. Il fit signe d'attendre et cligna de l'œil vers son ami le maréchal :

— Écoute. J'ai bien fait de ne pas bazarder mon drapeau. Tu avais raison. Comme ça, je peux l'emporter avec moi...

Essoufflé, il prit un temps.

— Ma nièce, continua-t-il, n'a plus besoin de mari, c'est trop tard ; et puis elle est rance. Mais si tu retrouves ce jean-foutre d'Anglais...

Il regarda le maréchal ferrant d'un œil à moitié clos qui ressemblait à une toute petite étoile lointaine entre deux feuilles, et murmura :

— Avec celle de Waterloo, si tu lui dis merde de ma part, ça en fera deux belles !

Puis M. Chaumeton, se tournant vivement vers le curé, se confessa en cinq secs. Dans le nombre des gros mots qu'il avoua, le dernier pouvait passer.

Il passa.

Lui

M. Bénistant, colonel de cavalerie en retraite, habitait avec sa servante un petit entresol de la rue du Parc, à Saint-Mandé.

C'était un brave homme d'ancien soldat tout déguenillé par les boulets. Il avait laissé un bras à Leipzig, une jambe à Lutzen. En 1812, il était alors commandant, les sabres de Smolensk lui avaient chipé trois doigts et enfin une balle de Blücher, à Waterloo, l'avait obligé dorénavant à ne plus regarder l'ennemi que de l'œil gauche. Alors, comme l'Empire était vaincu, M. Bénistant se retira pour soigner ses deux ou trois morceaux de corps, élever des serins de Hollande et boire chaque soir du café à 32°, en attendant que la mort prît sur lui la revanche de la balle de Blücher, c'est-à-dire lui fermât l'autre œil.

— Ah ! disait le colonel à sa servante, si vous l'aviez vu, ma bonne ! Il prenait les capitales comme on prend les filles, par leur ceinture de bastions ; si bien que le soldat disait, en se faisant décalebasser pour son Empereur : « Coquin ! s'*il* danse encore deux jours ici, maman l'Europe n'aura plus de filles à marier. » Dites, Martette, voyez donc les cages ; Murat n'a plus de mouron et Marie-Louise crie depuis une heure ; sans doute qu'ils doivent avoir faim et soif.

Cependant le vieillard n'était pas tout à fait heureux. La servante l'écoutait bien ; mais comme elle n'avait pas été grenadier de la Garde, elle ne répondait que par des soupirs d'indignation aux récits des luttes impériales.

Elle soignait son « monsieur le colonel » comme on dorlote un enfant, lui cirait la jambe tous les matins, enseignait à chanter au maréchal Soult, et particulièrement à Marceau, pour qui elle avait un faible, et préparait le café noir avec de si menues délicatesses que le cœur du grenadier, tout racorni par le feu des batailles, avait un jour fini par s'ouvrir et lui arranger un coin, la meilleure place, aux pieds de l'Empereur.

Le dernier échelon qu'il lui fallait gravir pour gagner la béatitude en cette vie, M. Bénistant le franchit en 1827, alors qu'il se promenait dans le voisinage du lac de Saint-Mandé. Il avait reconnu son ancien ordonnance Gogois, nommé garde ; et ce furent dès lors entre eux d'interminables causeries.

Gogois était un parleur ; c'est ce que demandait le colonel, dont les campagnes remontaient au gosier, depuis sa retraite. Il fut donc admis à boire le café à 32°, tous les jours, de midi à trois et de sept à neuf.

— Ah ! mon colonel, c'est deux jours avant les Pyramides que vous m'avez pris pour brosseur, et je vous ai toujours suivi. Quel chambard *il* a fait tout de même ! *Il* peut dire qu'*il* a mis le caveçon au nez de l'Europe qu'était comme un cheval rétif !

— Bien parlé, Gogois, tu dis vrai. C'était une rude garçon ! Au lieu de viande, *il* nous servait de l'ennemi. A Austerlitz, on en a mangé à sa faim.

— C'était le père de la mort. *Il* vous déblayait l'humanité, une, deux, trois, que l'Europe n'avait même pas le temps de dire *touche !*

— Et *il* épluchait les Autrichiens...

— Comme des noisettes, mon colonel. A Leipzig, le canon vendangeait, fallait voir les rangs !

— *Il* aimait le soldat.

— Le soldat était son cousin-germain !

Le colonel dressait la tête :

— Je me souviens qu'au passage de la Bérésina, un chien de pays qui nous a gelés pour toute l'existence, l'Empereur demanda des hommes pour construire un pont. Il fallait entrer dans l'eau jusqu'au ventre. *Il* me regarde. Je prends le coup d'œil pour un ordre. Je me jette à l'eau, la moitié de mon bataillon me suit ; on fait le pont, je ressors ; trois soldats me suivent, les autres se noient. Chaleur ! Napoléon, qui ne bronche pas et qui est terrible comme un pape à cheval, fait un signe : « Colonel, dit-*il*, ouvrez votre fonte gauche. » Je remonte en selle et qu'est-ce que je trouve? *Sa* croix pendue à la gueule de mon pistolet. Il gelait à fendre les yeux, mais ce ruban m'a plus réchauffé qu'un manteau !

— Et pour mon fait, disait Gogois, *il* m'a aussi parlé comme à vous, mon colonel. La veille d'Eylau, *il* traverse les bivouacs, pas fier, si près qu'on l'entendait respirer. *Il* songeait ce soir-là à d'autres conquêtes, c'est probable, puisqu'il n'avait qu'à poser le doigt sur la carte, et les souverains, la frousse au derrière, lui fauchaient des pays qu'on aurait usé mille bottes pour les arpenter.

— Entendez-vous, Martette, votre ami Gogois? Il dit la vérité.

— Votre politique, c'est pour les hommes, répondait Martette en versant le café.

— Je reviens à mon point d'honneur, continua Gogois. *Il* me trouve, me reconnaît, m'appelle : « Ton nom? — Gogois. — C'est-il pas toi qui as pris un canon turc à Jaffa? — Si, mon Empereur, mais n'en parlons plus, il y a trop longtemps. — Tu m'en veux, Gogois? — Jamais de la vie, mon Empereur ! — Eh bien, il est toujours temps de se rappeler les braves ; entre nous, qu'*il* dit, parle franchement, veux-tu la croix? » A ces mots, le feu aux basques, je me surlève d'un bond et je lui dis : « Vous êtes le cadet du bon Dieu et une bande d'empereurs ! Passez-moi la croix et je vous donne ma peau ce soir pour en faire demain une blague au roi de Rome ! » Ça lui a fait plaisir, je l'ai bien vu...

Martette éclatait de rire, mais elle était scandalisée :

— Un roi entendre de pareilles choses et ne pas se fâcher !

Le colonel appuyait sa main mutilée sur l'épaule du garde :

— C'est bien, Gogois, tu es un brave grenadier.

Et tandis que l'ancien brosseur saluait pour sortir, Martette lui criait du haut du perron :

— Monsieur Gogois ! monsieur Gogois ! n'oubliez pas d'apporter un peu d'hellébore pour faire une décoction à Desaix ! Le pauvre chéri a la goutte !

Dans le petit entresol de la rue du Parc, ils vécurent dix ans de cette vie tranquille, se racontant les mêmes histoires, devant la tasse à 32°, tandis qu'au-dessus d'eux les maréchaux de l'Empire et les princesses aiguisaient leurs becs et se disputaient dans leurs cages.

Leurs jours se comptaient par batailles.

Ils ne disaient plus : « C'est aujourd'hui le 3 janvier », mais : « C'est ce soir que l'Empereur marche contre la Hollande. »

Ils parlaient avec adoration de ce petit chapeau, de ces grosses bottes, de ces yeux immobiles dont les boulets avaient peur. Cet homme, c'était leur mère, leur fils, leur maîtresse. Quand ils parlaient de *lui*, leurs mains avaient des tremblements ; leurs yeux des larmes.

Ils semblaient le remercier des cicatrices qui les avaient lézardés comme des ruines. Ils érigeaient ses fautes en vertus.

Le dix-huit Brumaire : un franc coup de poignet.

Son divorce : une manœuvre politique.

Waterloo : le crime d'un général, une distraction du Père Eternel.

Ces quinze années d'Empire leur semblaient si formidables qu'elles occupaient toute leur tête, tout leur cœur.

Mais, un jour, Gogois ne revint plus. Il venait de partir pour un grand voyage. Emportant sa croix pour se faire reconnaître là-haut, il était allé rejoindre son Empereur.

Rude coup pour M. Bénistant ! Son bras de Leipzig et sa jambe de Lutzen le firent souffrir toute la semaine, quoique réduits en poussière depuis vingt-six ans.

Martette, qui était superstitieuse, rangea dans l'armoire les cadeaux du grenadier, deux pipes de bruyère, le bol à fleurs où il buvait le café. Puis elle se tourna vers le colonel :

— Ah ! monsieur, voyez-vous, je l'aurais deviné, ce malheur. Avant-hier, pendant l'agonie, Masséna s'est battu avec Augereau. Les serins, ça n'a-t-il pas des cœurs d'anges? et votre grenadier les aimait tant, ces mignons !

Le petit entresol devint lamentable. A qui raconter les batailles, maintenant? Ce ne fut, dès lors, qu'un long silence, rompu seulement, dans la matinée, par le va-et-vient des chaussons de Martette, et les jours de soleil par le sifflotis des cages. Le café à 32° en souffrait. Quelquefois il était à 30° et d'autres fois il montait jusqu'au chiffre 35. Ça ne pouvait plus durer. Le colonel appela sa bonne.

— Monsieur?

— Je voudrais...

— Que monsieur me dise.

— Je voudrais... je voudrais parler de *lui*.

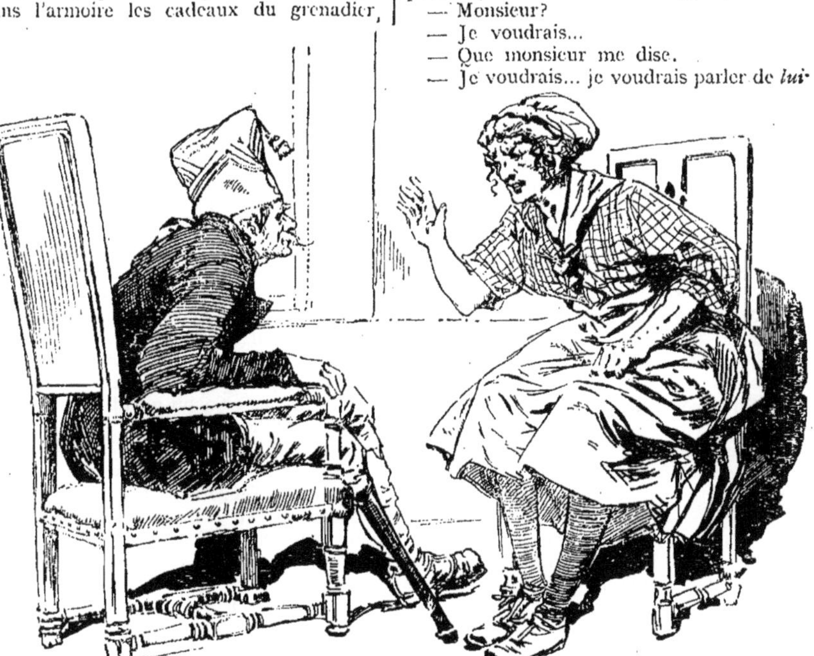

Le Colonel et sa bonne.

Lui, comme on eût pu le croire, ce n'était pas Gogois, c'était l'Empereur.

La vieille servante devina :

— Allez, monsieur, j'écouterai...

Alors le colonel recommença l'héroïque bavardage, d'une voix moins ferme cependant :

— Vois-tu, ma bonne, ce gaillard vous attendait les Autrichiens, les Espagnols, les Mameluks et les Russes comme la terre sèche attend la pluie, pour les avaler. On peut lire ça au *Bulletin*.

— Et il paraît qu'*il* était beau?

— Beau comme un madgyar ! Et *il* a fait

du siècle une grande cave où nous sommes descendus boire des conquêtes ; on en trébuchait.

— Et paraît aussi qu'*il* était bon pour le soldat?

— Bon comme un petit pain ! *Il* sonnait le tocsin de l'Histoire et *il* disait : « Grenadiers, tapez ferme dans le tas, vous aurez des bureaux de régie à la fin de la campagne ! »

— Tiens, dit Martette, j'ai déjà entendu dire ça...

Le colonel pencha la tête et ferma son œil tristement. Il ne s'était pas aperçu qu'il racontait des histoires de son grenadier, en se servant des mêmes mots pour expliquer les mêmes choses.

— Puisque tu te rappelles... fit-il.

— Eh bien?

— Tu pourrais... tu pourrais peut-être le remplacer, *lui*...

Lui, ce n'était plus l'Empereur, c'était Gogois.

— Oh ! monsieur, fit Martette avec dignité.

— C'est bien, ma bonne, soupira le colonel, verse le café et va-t-en faire taire Marie-Louise.

M. Bénistant ne sortit qu'une fois cette année-là, pour visiter le tombeau des Invalides. Il fallut même qu'on le ramenât dans une voiture au petit pas. Alors Martette prit une décision.

— Monsieur... dit-elle en rentrant, je me souviens de l'histoire de votre ami et je pourrais... je pourrais peut-être essayer de vous la redire, le soir, quand vous buvez votre tasse, et puis... écouter les vôtres, après...

Le colonel se redressa.

— Ah ! bonne Martette ! Tiens ! prends du café, assieds-toi. Tu disais donc?

La vieille servante fronça le sourcil et grogna :

— Je disais, mon colonel, que la veille d'Eylau...

— Une belle bataille, hein, Gogois ! fit M. Benistant. Continue.

— Pour lors, s'écria Martette, l'homme au petit chapeau me reconnaît et m'appelle : « Ton nom? — Gogois. — T'as pris un canon suisse à Jaffa. — Oui, mon Empereur. — Alors, voilà la croix d'honneur. » En entendant ça, le feu aux culottes, je me lève d'un saut et je lui dis : « Vous êtes le cadet du bon Dieu et un tas d'empereurs et je vous donne ma peau pour en faire une blague au roi de Rome ! » Ça lui a fait plaisir, ce discours, je l'ai bien vu.

Le colonel se leva tout rouge et cria :

— Vive l'Empereur ! père des guerriers !

Augereau et Marie-Louise turlututaient dans leur cage. Desaix était guéri de la goutte. Il faisait soleil. Le café, ce soir-là, était juste à 32°.

Il y eut un silence.

Puis le colonel et sa bonne se regardèrent en pleurant.

Funérailles solennelles

L'ancien grenadier Bistoud était en « congé illimité » depuis Waterloo.

Malgré sa belle conduite, il n'était pas décoré. Il n'avait jamais eu de chance. On lui avait promis la croix après Lutzen et on l'avait oublié. On la lui avait promise une deuxième fois à Montmirail, puis on l'avait encore une fois oublié. A Waterloo, dans les rangs, Ney lui avait dit : « Si nous en sortons, tu l'auras ! »

Ils en sortirent. Mais le maréchal passa par les armes et Bistoud fut oublié une troisième fois.

Depuis le grand licenciement, l'ancien soldat habitait une petite chambrette, au 6e étage, rue Guy-de-la-Brosse, dans la fraîcheur du Jardin des Plantes.

Pour tout mobilier, il possédait un matelas posé sur deux planches, une table, une chaise et un rayon de sapin fixé à gauche de sa petite croisée en tabatière. Sur cette tablette, on apercevait, rangés soigneusement, trois objets de luxe : une pipe en porcelaine, souvenir d'Iéna, un gobelet d'argent « rapporté » du Kremlin et une belle paire de lunettes d'or « trouvées » dans un couvent d'Espagne et qui avaient chevauché sans doute sur un nez d'évêque. C'était là toute la fortune de M. Bistoud.

Le quartier lui faisait l'aumône discrètement. Une fruitière et un épicier, intéressés par le concierge, lui envoyaient chaque matin des douceurs. Il les acceptait par-dessus l'épaule, les mangeait avec beaucoup d'appétit et descendait ensuite chez le concierge en grognant qu'on compromettait sa réputation. Puis il fumait une pipe, et ça n'y paraissait plus.

Il était très vieux. Il avait entendu parler, car pour lire la chose était impossible, de Louis XVIII, de l'insurrection de la Grèce, de la mort de son Empereur, d'une autre guerre d'Espagne, de Charles X, de l'expédition d'Alger, du siège d'Anvers et de la prise de Constantine. Quand le concierge lisait ces nouvelles dans le *Moniteur*, M. Bistoud haussait les épaules et lançait sur le parquet de petits crachats dédaigneux. Il en avait vu d'autres. Il avait vu la mort plus de cent fois dans cent batailles et lui avait toujours échappé.

Il la vit revenir un matin dans sa chambre du 6e étage. Cette fois il était trop faible pour s'esquiver.

— Touche ! dit M. Bistoud.

Et il mourut.

Le corbillard vint chercher le soldat. Mme Grenu, la fruitière, qui avait souvent donné des poires à M. Bistoud, voulut faire encore une politesse à son vieux client. Elle fureta dans les tiroirs, trouva les trois legs : la pipe d'Iéna, le gobelet du Kremlin et les lunettes espagnoles, passa la main sur son opulent corsage, en tira trois épingles et fixa ces objets sur le drap noir. L'épicier déposa sur la caisse un bouquet d'immortelles, image de la gloire, et le concierge, qui se retournait pour ne rien offrir, laissa tomber une grosse larme. Sans s'en douter, il fut le plus généreux des trois.

Après la cérémonie à l'église, le corbillard se dirigea vers les cyprès de Montparnasse pour y aller prendre possession de ce petit carré de terrain que les soldats appellent le baraquement de l'éternité. Comme le défunt était pauvre, si pauvre qu'il n'avait pas même de parents, chacun avait hâte d'en finir. Les chevaux noirs se dépêchaient. Les croque-morts prirent le pas accéléré, et personne n'eut l'air de s'en plaindre, sauf Mme Grenu, un peu corpulente, qui marchait derrière les autres ne soufflant comme un orage.

— C'est une honte ! s'écria-t-elle. On n'a plus de respect, aujourd'hui, pour les malheureux soldats ! On dirait l'enterrement d'un chien...

Le Ciel, sans doute, entendit Mme Grenu. « Oui, madame Grenu, dit une voix dans le cœur de la bonne femme, Dieu vous a entendue, et si vous ne voulez pas le croire, retournez-vous, regardez, voici sa réponse... »

Mme Grenu, machinalement, se retourna.

D'abord, elle ne vit rien ; il faisait trop de soleil. Puis, en regardant bien au fond du boulevard, elle aperçut un régiment.

— Tiens, des soldats !

— Ils sont à nos trousses, cria l'épicier. Dites donc aux croque-morts de ne pas aller si vite ! Si le régiment nous rattrape, au moins nous le verrons défiler.

— Des cuirassiers, fit le concierge avec admiration. Ils flambent !

— Mais s'ils nous rattrapent, comme vous le dites, s'écria Mme Grenu, ils nous écraseront, nous et le brave M. Bistoud !

— N'ayez pas peur, répondit le concierge ; ils se diviseront en deux colonnes pour nous dépasser. J'ai été militaire, je connais ça.

Comme les chevaux du corbillard allaient moins vite, les cuirassiers, en file de quatre hommes, eurent bientôt atteint M. Bistoud. Mais, je vous l'ai dit, le Ciel veillait. Le colonel, haussé sur les étriers, inspecta l'avenue d'un coup d'œil. Elle était trop étroite pour que le régiment pût dépasser le corbillard. Nom d'un bidon ! comment se tirer de là ? Il fit un geste résigné vers les trompettes et le régiment prit la file derrière Mme Grenu épouvantée.

— Ça nous fait de la compagnie, dit le concierge. Hein ! en voilà une belle suite !

— Encore du bruit ! s'écria l'épicier en se retournant.

Après les cuirassiers, arrivaient quatre bataillons de la ligne, tambours et musique en tête, en gants blancs comme un jour de parade.

— Je me rappelle à présent, dit le concierge, j'ai lu dans le journal qu'il y avait, ce matin, une revue à Vincennes. Les troupes rentrent dans leurs quartiers.

— Non, non, pensait Mme Grenu, tous ces soldats derrière nous, aujourd'hui, comme pour escorter M. Bistoud, on ne m'ôtera pas de l'idée que ça vient du bon Dieu.

Un roulement sourd traversa en ce moment les boulevards. Ils se retournèrent encore. Par delà les cuirassiers et les fantassins, apparaissait l'artillerie.

— Seigneur ! dit Mme Grenu, les canons !

Les artilleurs prirent la suite des lignards, à vingt-cinq pas d'intervalle. Dès lors, sur une longueur de trois kilomètres, cinq mille soldats et cavaliers défilèrent entre deux rangées de promeneurs, au pas lent des funérailles, rapport à l'embarras que faisait M. Bistoud sur l'avenue, tous alignés, tous en ordre, derrière le pauvre petit corbillard. Il montait de cette foule, de cette cohue rouge et bleue, de cette chevauchée de crinières et de ces canons une rumeur d'applaudissements et de voix émues, un crépitement de sabots, un glorieux ronflement de bronze. Puis, peut-être bien le Ciel donnait-il ses ordres, un tonnerre de fanfares éclata tout le long du boulevard, une folie chantante de cymbales, de fifres, de pistons et d'altos. Et ce n'était pas triste, ce n'était pas un hymne funèbre, c'étaient des chants guerriers comme M. Bistoud aimait à en siffler de son vivant, c'était un chant martial, un cri de gloire !

Alors, ce fut trop beau ; secoués, réveillés par ces chansons, les trois souvenirs de M. Bistoud, épinglés sur le drap noir, s'entrechoquèrent. Tin, tirelintintin... et la pipe d'Iéna, le gobelet du Kremlin et les lunettes de Burgos se mirent à parler, comme on parle entre sœurs :

L'ex-grenadier et sa fortune.

— Ah ! commença la pipe, voilà les fanfares de la Garde qui ressuscitent. On dirait que nous passons dans Berlin !

— Ces clairons, bruirent les lunettes, c'est tout de même plus beau à entendre que les psaumes que chantait mon premier maître, à Burgos !

— Moi, reprit le gobelet, ces cavaliers qui nous escortent me rappellent M. Bistoud, après la bataille de la Moskova, lorsqu'il est venu me chercher au Kremlin.

— Il me semble que j'entre à Madrid ! s'écrièrent gaiement les lunettes.

— J'ai bien fait d'épingler ces trois bibelots l'un à côté de l'autre, songea Mme Grenu ; en se cognant on croirait qu'ils chantent.

Enfin, on arriva près du cimetière. Le corbillard fit un demi à gauche et les cuirassiers continuèrent leur route. Mais en passant devant M. Bistoud, le colonel se retourna vers ses escadrons :

— Sabres, mains !

Les lames jaillirent des fourreaux, comme des éclairs, en grinçant si fort que Mme Grenu poussa un cri, et les quatre escadrons saluèrent, ainsi que l'ordonne le règlement.

Soudain, une autre voix retentit :

— Portez vos armes !

Bataillon par bataillon, les fusils de la ligne s'abaissèrent, d'un mouvement bref. Les officiers de compagnie inclinaient leurs épées. Puis l'artillerie, à son tour, vint grogner son adieu tout près de la pauvre caisse où le vieux soldat reposait. Par là-dessus, un joli rayon de soleil illumina les cuirasses, les shakos, le bronze des canons et l'acier des sabres. Les cuirassiers sonnaient à pleines trompettes, les musiques pistonnaient, fifraient et cymbalaient. Devant ce corbillard modeste, suivi par trois humbles gens, ce fut la flambée, l'illusion enivrante d'un dernier triomphe, quelque chose qui ressemblait à l'entrée d'un général dans la mort.

Puis, la porte s'ouvrit et la voiture s'éloigna.

Une rumeur confuse, le bruit des régiments frôla les noirs cyprès du cimetière. Le corbillard s'arrêta. Cet arrêt fit entre-choquer les souvenirs de M. Bistoud, qui tintèrent comme trois sanglots et resplendirent comme trois larmes.

— Il n'a pas eu la croix d'honneur, s'écria la pipe, mais il en a eu la gloire !

— On lui a enfin rendu justice, reprit le gobelet. Seigneur ! s'il avait pu voir ses funérailles, qu'est-ce qu'il aurait dit, M. Bistoud?

— Il n'aurait rien dit, soupirèrent les lunettes de leur petite voix argentine, il aurait pleuré.

La dernière question

Quelques jours après l'abdication de l'Empereur et son départ pour l'île d'Elbe, un homme se présenta un matin à la grande Trappe.

Il portait gauchement une redingote vert russe et avait à la main, dans un mauvais sac de cuir noir, sept cents napoléons qu'il déposa sur la table. Aux questions du Révérend Père Abbé, il répondit avec très peu de mots. On ne sut rien de formel sur son nom, sur son état, sur les causes qui l'amenaient à se choisir une fin prématurée. Debout dans la salle du Chapitre, il parla de Dieu, le regard ferme, les talons joints, avec un accent de discipline qui signifiait une foi absolue. Il savait le latin ; on l'accueillit.

La règle de la Trappe était sévère. On y devait vivre en commun, cependant sans parler jamais et, clause effroyable, chaque fois que mourait le parent d'un trappiste, le supérieur en instruisait les moines réunis, sans prononcer le nom du mort, afin de frapper ensemble, tous les cœurs, afin que celui qu'appelait Dieu se recommandât, non d'une simple prière, mais des larmes de tout le cloître.

Depuis son entrée, jusqu'à son départ, dût-il vivre trente ans encore, frère Maximin devait donc se taire. Seule, une pâle étoile brillait au bout de cette longue avenue d'années : à l'avant-dernière minute de leur mort, on permettait aux trappistes une question mondaine ; le Révérend, penché sur eux, balbutiait la réponse ; avec elle se déliait le lien qui rattachait le frère à l'humanité. Frère Maximin sourit en apprenant qu'il allait rouler dans ce gouffre de silence, au bout duquel s'en ouvrait un autre... Et cela fit penser à l'Abbé que rien n'existait au fond et autour de la vie du nouveau venu, et qu'il abandonnait le monde comme un désert.

Il prit sa place dans les rangs. Il fut une coule blanche parmi d'autres coules blanches, un pas dans les corridors, une prière méconnaissable mêlée aux rumeurs de la chapelle. Sa sainteté data du jour où il fut vraiment anonyme. Il le devint comme le rayon, le flot, le grain d'herbe et de poussière. Hors du relatif, à mesure qu'il entrait en Dieu, comme on s'enfonce dans une cave degré à degré, il disparut.

A deux heures, dès l'aube, s'éveillait ce tombeau de vivants. De longues files de chapes brunes s'acheminaient vers le grand office. A trois heures, replié sur soi-même, chacun faisait sa méditation. L'œil perçant d'un ange, seul, eût pu mettre un nom sous la coule du cinquième frère immobile au deuxième rang de gauche, en partant du bas-côté. D'une raideur cataleptique, à quoi songeait ce fantôme? Enfin, après l'office de la Vierge, vers six heures et demie, commençaient les travaux manuels.

Il fut tour à tour jardinier, moissonneur, ébéniste, boulanger, berger. Au bout de cinq ans, personne de ceux qu'il coudoyait à chaque heure n'avait entendu la voix de frère Maximin. Le frôlant quand il ratissait les allées ou s'agenouillant près de lui pour laver leur linge, quelques moines avaient entrevu le froid rayon d'un regard pâle. Mais le frère observait sans peine la règle du silence, jamais il ne parla.

Une seule fois, il s'émut. Bien longtemps après son entrée, un matin qu'il priait en surveillant ses cochons, il vit sur l'herbe jaunâtre glisser une ombre. Lentement il leva les yeux. Un aigle se dirigeait vers l'orient. Le frère pleura.

Le Révérend supérieur avait vu cette larme. C'était un homme encore jeune qui avait peut-être une part de son triste cœur dans la vie. Mais une des règles de la Trappe condamnant la curiosité, il se tut.

Frère Maximin rentra dans son indifférence glaciale, et le Révérend n'apprit rien. L'interroger... pourquoi? Il valait mieux attendre. Car le supérieur savait tout des autres ; il avait fini par pénétrer chaque frère, il connaissait les drames couvés sous ce silence.

« Mes frères, disait-il parfois, lorsqu'une funèbre nouvelle lui arrivait du monde, la mère d'un de nous vient de mourir, prions tous pour elle. » Et avant de tomber à genoux, il avait rapidement scruté le cercle frémissant des moines, il avait surpris le secret, il avait deviné le malheureux.

A quoi? Entre ces cent vingt hommes dont cinquante ou soixante, sinon plus, avaient conservé leurs mères vivantes, comment se pouvait-il que le moine atteint par ce deuil en fût averti? Par quels indices mystérieux? Et par quel prodige, dans cette masse de têtes également blanches et douloureuses, l'Abbé pouvait-il voir celle qui, se devinant frappée, roulait plus blanche et plus douloureuse sous la coule? A des signes imperceptibles : sans doute au gonflement soudain, plus profond que les autres, d'une jeune poitrine, au souffle étouffé, plus creux que les autres souffles, d'un moine subitement renseigné par l'Inexprimable. « Mes frères, la sœur d'un de nous vient de mourir, prions tous pour elle. » Et le Révérend sentait que le frère de la morte était atteint, et il le « voyait ». « Mes frères, le fils d'un de nous vient de mourir, prions tous pour lui. » Et au geste inconscient de l'homme frappé, l'œil du supérieur, empli de larmes, laissait voir derrière ces larmes, comme une veilleuse, l'âcre et morne plaisir d'avoir deviné le frère en deuil. Ayant donc prié longuement pour cette mère, ou cette sœur, ou ce fils — beaucoup d'entre les moines pouvant redouter que c'était leur mère, ou leur père ou leur fils qui venait de mourir, — tous relevaient la tête, quittaient la chapelle, et ils avaient aux yeux la même épouvante, sauf un, qui était l'impassible et impénétrable frère Maximin ; et de cela, depuis des années, le Révérend s'étonnait toujours.

Qu'y avait-il derrière ce front, ces yeux, ces lèvres? Quand le trappiste se croyait seul, l'Abbé venait parfois l'observer. C'était en vain. Il était trop tard pour poser à cette tête des questions. La page fraîche et ouverte que chacun montre sur sa figure s'était peu à peu salie sous le capuchon du moine, les macérations et le rêve l'avaient desséchée.

Naguère, visage à la Descartes, à la Kléber, énergique et félin, aujourd'hui visage résigné. Chairs fermes jadis, aux plans droits, chairs devenues tombantes. Les belles rides de la douleur, un pli vertical de méditation les sabrait. Les grands yeux anciens n'étaient plus communicatifs ; bridés vers l'angle, ils s'ouvraient à peine, s'étaient comme retournés vers les reflets intérieurs.

A cette bouche, le supérieur curieux eût voulu demander la confidence suprême, mais comme si elles le devinaient, les lèvres s'étaient collées ensemble, par la crainte d'une fissure d'où se fût exhalé un souffle indiscret.

Ce trappiste avait le beau menton de Thomas Morus. Le crâne était grossi par le double creux des joues. Les oreilles décharnées et rabougries semblaient inutiles ; ceux qui s'écoutent n'entendent rien du dehors.

Longue poitrine, peu de ventre, grand cœur. En entrant au cloître, il avait d'épaisses jambes, le cou trapu, comme ces carnassiers qui joignent sur leur proie les efforts des crocs et des griffes ; depuis, les jambes et le cou, allongés par une attention continuelle, ressemblaient à ceux d'un herbivore.

La seule pensée.

On lui avait vu dans le temps des mains de travailleur, durement ridées autour des articulations, elles s'étaient couvertes de surfaces lisses. Ses pieds tendineux, jadis, étaient d'un homme brutal et entreprenant ; pendant les premiers jours de son noviciat, ils mordaient le terrain et s'y cramponnaient, à présent ils étaient lourds, mais l'immobilité du pied, chez l'homme, correspond à la fixité du rêve.

Un seul détail n'avait pas changé.

Tel qu'un accent sur le mot « qui n'avait jamais été dit », les sourcils du moine, au lieu de se lever, signe d'ascétisme, étaient restés touffus et baissés, indice, songeait le Révérend, d'une préoccupation soutenue des choses du monde. Lesquelles?

Les années passaient, se ressemblant toutes. L'après-midi, comme le matin, était peuplé de prières et chargé de travaux. Assoupli à l'obéissance des règles, chaque trappiste allait au labeur commandé ; celui qui arrosait un massif fendait le soir des bûches ou tranchait dans le drap, et frère Maximin s'interrompait souvent de copier un livre pour aller soigner les cochons. Un maigre légume payait ces fortes journées. De six à sept heures, les trappistes récitaient complies, et en files silencieuses retournaient au dortoir commun. Là, pieds nus, si quelqu'un passait devant le lit du frère, jamais il n'entendait de soupir d'angoisse ; une respiration s'en échappait, sereine, plus menue, plus basse seulement de jour en jour, comme la rumeur d'une huile dont la dernière goutte va sécher. Car il y avait déjà vingt ans que le frère était au cloître.

Bien des familles, bien des mères et bien des sœurs étaient mortes depuis. Presque tous les moines avaient eu leur tour de douleur ; et bien des larmes étaient tombées sans que jamais, jamais, sauf le jour où le frère avait aperçu un aigle, on eût pu voir pleurer, ou simplement même tressaillir ce trappiste mystérieux. Et cependant, songeait l'Abbé, pour s'être enseveli dans cette fosse de prières, il fallait qu'un grand malheur l'y eût conduit. Lequel? Le Révérend cherchait encore. Mais un jour vint où il comprit que le secret du frère lui serait confessé, car le trappiste se préparait à la mort, et, suivant la coutume, qu'il allait *parler*.

On ne déshabilla pas le malade. Frère Maximin garda sa robe et son capuchon. Dès que l'agonie fut commencée, on le posa par terre sur une couche de paille saupoudrée de cendres, et il y attendit la mort. Par leurs chants coupés de noirs silences, les trappistes la lui annoncèrent avant l'heure qu'elle avait elle-même choisie ; et le frère Maximin souriait à ses compagnons, parce qu'il pensait que la mort allait lui permettre d'alléger son âme en posant à l'Abbé l'unique question permise. Cette question qui brûlait sa bouche depuis tant d'années, au-devant de quelles tombes, pensait le supérieur, vers quels ossements blanchis durant son exil allait-elle enfin s'élancer? Il avait aussi une famille, ce martyr.

L'Abbé entra.

— Mon frère, dit-il au mourant, je vous délie aux pieds de Dieu du devoir le plus austère de la Trappe. Regardez le monde avant de le quitter, et demandez-moi de lui ce qu'il vous plaira.

Long silence. Le frère Maximin, déshabitué de parler, rappelait les forces de sa voix. Et bientôt, profonde, venue de loin, de derrière les vingt-cinq années de la Trappe, la suprême question, résumant un unique souci, flotta et se posa sur ses lèvres comme un souffle d'air monté d'un abîme :

Napoléon... Qu'est-il devenu ?...

Le Révérend frissonna. Moins préoccupé du Dieu qu'il allait connaître que du Soldat qu'il croyait laisser dans le monde, le frère Maximin s'était violemment tendu vers les lèvres de son supérieur pour y épier la réponse. Elles remuèrent un peu. Le moine entendit le mot funèbre qu'elles disaient, eut un dernier regard d'étonnement et de pitié indicibles, retomba comme un bloc sur sa couchette, et mourut.

Quand les trappistes l'enfouirent, ils retirèrent de sa manche un « mémoire pour l'admission à la solde de retraite d'un capitaine sortant du 10e régiment de cuirassiers ». Tout y était dit : le nom, l'âge, les actions d'éclat, les campagnes ; cet homme avait même été blessé d'un coup de sabre au combat de Mojaïsk. On était en 1841 ; frère Maximin était donc resté à la Trappe un quart de siècle. Éperdu après les Adieux de Fontainebleau, ce soldat n'avait trouvé qu'un abri aux mesures de son désespoir.

LA-HAUT

Le Factionnaire

Pendant l'expédition d'Espagne, à la fin d'un de ces petits combats qui avaient lieu tous les jours, le grenadier Siméon tomba, percé d'un coup de sabre, et presque aussitôt s'arrêta réglementairement, l'arme au bras, au seuil du Paradis :

— La porte !

Saint Pierre l'aperçut :

— Tu es bien pressé, soldat. Tu t'appelles?

— Siméon, du 1er régiment des grenadiers à pied de la Vieille Garde.

— Tu peux passer, dit saint Pierre après avoir ouvert son registre. Tu as toujours été brave homme, bon serviteur de la France, propre dans les rangs et courageux aux batailles. L'Empereur t'a donné la croix, et tu as nourri ta vieille mère avec tes économies de 1809. Un peu suspectes, ces économies... il y avait bien là dedans quelques pièces de vingt francs espagnoles. Enfin, pour l'intention...

— Chiper n'est pas voler !

Siméon faisait un pas, saint Pierre étendit la main :

— Tu ne vas pas entrer avec ton fusil?

— Comment ! que je laisse mon fusil? Si j'entre chez vous comme grenadier, je dois garder mon fusil. Un grenadier sans son fusil...

— C'est bon ! Je te le répète, je ne peux pas te laisser entrer avec ton fusil. D'abord, pourquoi est-ce que tu as encore ton fusil? J'ai vu des masses de soldats défiler devant mon registre, et ils étaient tous en petite tenue. Crédié ! si les artilleurs venaient avec leurs canons ! et les hussards avec leurs chevaux !

Un ange qui écoutait, le visage voilé à demi sous ses longues ailes blanches relevées, sourit à saint Pierre :

— Que Votre Sainteté me permette... C'est moi qui ai porté ce soldat ici. Quand ils l'ont trouvé dans la montagne, ses camarades ont voulu le désarmer, mais la mort avait crispé sa main et ils ne purent jamais lui arracher son fusil. On l'enterra donc avec ses armes. C'est ainsi que je l'ai trouvé. Il avait une si bonne vieille tête, et il le serrait si fort, ce fusil, comme un compagnon fidèle, que j'ai été ému par tant de simplicité. C'est ma faute.

— Tu parles bien, l'ami ! dit le grognard ; d'ailleurs mon fusil est désarmé.

Saint Pierre, vaincu, ouvrait la porte en rechignant. Le grenadier passa la main dans ses cheveux et dans sa moustache.

— C'est beau, dit-il. Je vois des forêts là-bas comme en Espagne. Maintenant, ajouta-t-il en s'adressant à saint Pierre, indiquez-moi donc où c'est que je pourrais trouver mon capitaine. Le Paradis est bien grand...

— Va-t'en le chercher toi-même ! cria le saint en fureur.

— Je vous y conduirai, murmura le grand ange, entrez d'abord.

— Arme sous le bras, dit Siméon, parce qu'il doit y avoir une bonne trotte.

Mais comme il se penchait pour partir, beau comme un immortel sous son uniforme troué, saint Pierre, qui avait réfléchi, l'arrêta doucement :

— Mon brave, un mot.

— Trois, si tu veux. On ne compte pas devant l'éternité. Mon capitaine attendra.

— Justement, dit saint Pierre mielleux, votre capitaine... il s'agit de votre capitaine. Vous avez bien fait la campagne du Portugal?

— Contre les Anglais, 1809.

L'ange regarda le soldat tristement.

— Contre les Anglais, répéta saint Pierre en feuilletant, mais aussi, n'est-ce pas, contre les Portugais, qui sont si dévoués à la sainte Église catholique, et aussi un peu, avouez, contre nos bons prêtres portugais? Voyons ce dossier. « Corps de l'armée d'Espagne, 1re division, général Claparède. » J'y suis. Ah ! cria-t-il en frappant soudain le registre, expliquez-moi donc ça ! « *Pillages.* Objets du culte : chasubles, chandeliers... un calice dérobé par la 3e compagnie du 1er de la garde ». Vous étiez dans ce régiment. Alors, vous pourriez peut-être me dire le nom du capitaine de cette compagnie. N'est-ce pas celui que vous cherchez?

— Vauthier Constant. Si c'est ce que je devine, fit le grenadier en pressant son arme sur son cœur, ne dites pas de mal de mon capitaine, ou sans ça !...

— Chut, dit l'ange.

— Vous, gronda saint Pierre, vous avez une bien mauvaise tête pour la promener ici, faites attention ! Votre capitaine était responsable de ses hommes. Si sa compagnie a volé le calice, il en doit rendre compte à Notre-Seigneur, c'est juste. Voyons au registre des entrées. « *Paradis:* Balcons des Trônes, Amphithéâtres des Dominations.... néant. » Eh bien, il n'y a pas ici de Vauthier, capitaine. Votre chef n'est pas en Paradis.

— Ah ! soupira le soldat, un si brave homme...

L'ange avait frémi jusqu'au bout des ailes, car le grenadier n'avait plus le même visage. Deux larmes lui pendaient aux moustaches, grosses comme des pois, si belles et si honnêtes qu'il eût été doux de les recueillir pour les apporter au Seigneur. Mais saint Pierre haussa les épaules.

— Où c'est qu'il se trouve, alors? demanda le vieux Siméon.

— Au Purgatoire.

— Vous ne pouvez pas m'y faire aller?

— Non.

— Si c'est comme ça, fit le grenadier, je reste.

— Comment ! vous restez? A présent, il dit qu'il veut rester ! Impossible, mon ami, c'est mon dernier mot ! Impossible.

— Ce n'est pas un mot de ma théorie, je reste.

— Où?

— Ici !

— Et qu'est-ce que vous ferez là, près de ce guichet?

— La faction, en attendant mon capitaine.

Il n'y avait rien à répondre. Saint Pierre le comprit et ferma son registre furieusement. Ce Siméon avait fait toutes les campagnes ; de plus, il sortait de la Garde ; il était difficile de l'intimider. C'était un grand vieux, sec comme du fer. Assis à l'écart, il nettoya son fusil, sans oublier le sang et une touffe de cheveux qui étaient restés collés sur sa baïonnette ; il étala sa capote, son habit, son gilet, et se mit à les brosser avec beaucoup de soin. Puis il s'habilla, mit son fusil sous le bras gauche et commença d'un pas méthodique sa faction. Il allait et venait, s'en retournait et s'en revenait, aussi droit qu'au Carroussel. L'ange le regardait avec bienveillance : « Vous ignorez, mon ami, que votre capitaine a encore dix-neuf cent quatre-vingt-dix-neuf ans, neuf mois et des jours à rester dans le Purgatoire. — Qu'est-ce que c'est que ça ! dit le grenadier après avoir réfléchi, une minute dans l'éternité sans chiffre. » Et l'ange s'en alla, devinant que rien ne pourrait corrompre une aussi solide fidélité.

Il y avait une porte spéciale pour l'entrée des soldats, car c'était à l'époque où il en mourait le plus. Les premiers morts qui vinrent étaient ceux de l'expédition d'Espagne. Le grenadier leur présenta l'arme, et ils trouvèrent que le Paradis s'annonçait très bien. Quelques-uns, en passant, lui avaient remis leur tabac; c'est ainsi qu'il reprit l'habitude de bourrer sa pipe entre deux factions, d'abord avec mesure, et puis comme autrefois « à bloc ». Des chérubins-charpentiers refirent cette semaine-là trois guichets neufs et clouèrent des palissades. « Paraît qu'il y aura de la presse », songea le soldat. On était en 1812. Ça commença le 5 juillet. On aurait dit que le monde entier émigrait : maréchaux, généraux, avec leurs ordres sur la poitrine, une masse d'officiers et de soldats, comme un grand déluge dont les eaux lentes montaient de la terre au ciel.

Quelquefois il était reconnu : « Hé ! Siméon!

qu'est-ce que tu fais là? — J'attends le capitaine Vauthier » et il ajoutait aussitôt : « As-tu du tabac? » Et sans cesse, toujours, il en arrivait, les uns ayant encore dans leur casque un morceau de bombe de Smolensk, une balle de la Moskova, et d'autres qui secouaient leurs vieilles capotes pleines de neige et soufflaient dans leurs épineuses moustaches pour en ôter les glaçons. Tous ces morts gelés, c'était à faire peur. Il en arriva des cent mille. Le 15 décembre, tout s'arrêta ; il fallut réparer la porte.

Presque en même temps, autre alerte : 1813, Lutzen, Bautzen, Leipzig, Hanau ; les soldats morts revenaient en masse ; et Siméon était là, raide. On passait, il présentait l'arme, et quand on était passé, il se rasseyait pour fumer. Par la fente vermeille de la porte, des bandes d'angelots babillards venaient le contempler ; au milieu d'eux, il y avait un gamin de Paris, tout en tête, aux ailes ébouriffées comme deux huppes, qui criait avec enthousiasme : « Il en a une santé, ce vieux-là ! » Et saint Pierre accourait, car leurs éclats de rire faisaient froncer maints sourcils.

La campagne de France amena un grand flot de conscrits, des jeunes gens imberbes, aux shakos neufs, qui avaient l'air ivre et se poussaient vers la porte pour entrer plus tôt. On ne les comptait pas, on les mettait en convois : Brienne, Champaubert, Montmirail, Montereau, Craonne, La Fère, etc., enfin tant et tant de foule que le grenadier n'y reconnaissait plus les généraux et que son bras devint dur comme un bras de bois. « Quand ça finira, il pensait, je pourrai fumer. » Mais saint Pierre s'assit encore une fois au guichet, et le sacré bruit recommença. Les anges parlaient entre eux de trois grandes batailles et ajoutaient : « Ils vont tous venir de Waterloo. » Puissant Dieu ! on n'aurait jamais cru qu'il pouvait arriver tant de gens d'un seul pays, tant de morts d'une seule bataille. Les trois convois de Français arrivaient au pas, encore plus jeunes que ceux de 1814, des vrais gamins ; il y en avait trente mille. Quand ils furent entrés au ciel, Siméon remarqua qu'on avait enlevé les palissades, et la joie de saint Pierre lui fit penser que la paix régnait enfin sur le monde. Ça dura six ans. Il avait repris sa faction, tranquillement cette fois, s'arrêtant de deux heures en deux heures pour fumer une pipe, lorsque tout à coup il chancela...

La suprême faction.

Le soleil devint terne, les colonnes de l'azur tremblèrent, les nuages jaunirent, l'espace fouetté de vents s'emplit de la clameur des saintes trompettes, et des millions d'anges s'avancèrent au-devant de l'homme qui arrivait.

Siméon eut à peine le temps de serrer son arme.

Le nouveau venu s'en allait du côté de Dieu ; il passa très vite, à son habitude, sans voir personne, le chapeau enfoncé, la capote ouverte, éclairé par son escorte de grands aigles aux plumes incendiées de feux sinistres; puis le Paradis sembla reculer sur lui-même, et le voyageur disparut.

Depuis ce grand événement, le grenadier a interrompu ses promenades. Ce n'est plus le factionnaire alerte, c'est la sentinelle immobile. Les années s'en vont, il demeure. Assis à croupetons, le fusil couché sur ses jambes, la tête lourde, les raquettes de son vieux bonnet hérissé pendantes sur ses bras las, enveloppé dans sa grande capote sombre en loques, il rêve devant le maigre feu de bivouac qu'il allume par habitude au commandement de la nuit. Par la porte aux soldats, il a vu venir, dans leurs uniformes de guêpe pincés à la taille, ceux de l'Algérie, ceux de la Crimée, de l'Italie, du Mexique, mais ils ne sont pas de son temps, et il sait que son capitaine n'est pas avec eux. Tant de constance a ébloui le Ciel. Les saints et les saintes, dès l'aurore, viennent l'admirer. Lui, taciturne, ne lève seulement pas les yeux. « Quel brave soldat ! chuchotent les archanges. et quel cœur fidèle ! » D'autres fantômes ont passé devant ce fantôme : la trombe lamentable et glorieuse de 1870, les cohortes du Tonkin, du Dahomey, de Madagascar, de la Chine. Des loustics l'ont hélé. Vainement. Il a l'air mort, plus tué qu'eux. Harassé sous l'épaisse torpeur de l'immense attente, il a aujourd'hui cent cinquante-deux ans. Ceux qui mourront demain, qui mourront dans cent ans, dans dix-huit cents ans, le rencontreront à leur tour, l'apercevront, comme nous, devant son feu de bivouac aux tisons blêmis, avec son bonnet à poil plein de gale, sa capote miteuse, ses joues ridées, ses yeux de dormeur qui veille, sa chevelure éparse toute blanche, son baudrier pourri et son fusil vieux modèle.

Il ne le redressera, ce fusil, que dans dix-huit siècles, pour son officier.

Au seuil des béatitudes, on bourrera ensemble la dernière, et puis oblique à droite vers le guichet : deux bons pour l'éternité.

Mais le capitaine *d'abord*, comme c'est écrit dans le Règlement.

Palais de Fontainebleau, cour des Adieux, 1905.

IMPRIMERIE CRÉTÉ
CORBEIL (S.-ET-O.).

www.ingramcontent.com/pod-product-compliance
Ingram Content Group UK Ltd.
Pitfield, Milton Keynes, MK11 3LW, UK
UKHW021159220726
13924UKWH00003B/1217

9 782019 960063